나를 키우는 힘

나를 키우는 힘

발행일	2025년 3월 18일

지은이	강숙아, 박하, 시냇물가, 양정숙, 이미자, 이은정, 이향숙, 조시원, 조숙희, 황경애		
펴낸이	손형국		
펴낸곳	(주)북랩		
편집인	선일영	편집	김현아, 배진용, 김다빈, 김부경
디자인	이현수, 김민하, 임진형, 안유경	제작	박기성, 구성우, 이창영, 배상진
마케팅	김회란, 박진관		
출판등록	2004. 12. 1(제2012-000051호)		
주소	서울특별시 금천구 가산디지털 1로 168, 우림라이온스밸리 B동 B111호, B113~115호		
홈페이지	www.book.co.kr		
전화번호	(02)2026-5777	팩스	(02)3159-9637

ISBN	979-11-7224-551-1 03810 (종이책)	979-11-7224-552-8 05810 (전자책)	

(주)북랩 성공출판의 파트너

북랩 홈페이지와 패밀리 사이트에서 다양한 출판 솔루션을 만나 보세요!

홈페이지 book.co.kr ・ **블로그** blog.naver.com/essaybook ・ **출판문의** text@book.co.kr

작가 연락처 문의 ▸ ask.book.co.kr

작가 연락처는 개인정보이므로 북랩에서 알려드릴 수 없습니다.

나를 키우는 힘

흔들리지 않고,
나답게 살기로 했다

강숙아
박하
시냇물가
양정숙
이미자
이은정
이향숙
조시원
조숙희
황경애

"알아차림으로 자신을 마주하며
내면의 강한 힘을 깨닫고,
흘러가는 시간을 붙잡았다!"

10인의 작가가 삶의 갈림길에 선
당신에게 전하는
치유와 성장의 자기수용 여정

 북랩

"우주힐러님! 2025년에는 진짜 작가가 되고 싶어요!"
"쓰셔야죠! 이미자 작가님 될 수 있습니다!"
"진짜요? 그럼, 공저라도 밀어붙여 주세요!!"

'작가가 되자!' 버킷리스트에 적어놓았다. 열망이 닿았다. 우주에 에너지를 보내니 반응한 거다. 글쓰기 특강에 자연스럽게 합류했다. 어떻게 글을 쓸 것인지 배웠다. 밀어붙임의 고수인 우주힐러 이은정 작가가 공저 프로젝트를 진행한다고 알렸다. '흔들리지 않고, 나답게 살기로 했다'라는 부제와 '나를 키우는 힘'이라는 책 제목을 공개하며 D-day를 정했다. 설레었다. 최근 나답게 살기 위해 나의 무의식을 끊임없이 만나고 있었다. 10인이 공저에 참여했다. 부담을 나누니 겁나지 않았다. 함께 시작하면 종착지에 도착하는 길이 수월하다고 믿었다. 그렇게 우린 함께 동지가 되어 글쓰기를 시작했다.

'참하다'라는 말이 귓가에 맴돌았다. 이쁘게 들렸다. 어떻게 초보 작가의 글이 참해질 수 있을까에 대한 의문과 염려가 올라왔다. 10일 동안 초고를 써내라고 했다. 친구에게 말하듯이, 부담 없이 쓰면 된다고 했다. 엉성하더라도 초고가 나와야 퇴고를 할 수 있다고. 여러 차례 퇴고를 하다 보면 내 글이 참해지는 것을 느낄 거라 말했다. 의심스러웠다. 참할 만큼의 글은 못 써낼 것만 같았다.

시간이 지나면서 알았다. 분량만 채우고, '퉁!'치는 글에서 가닥 가닥의 이야기로 다듬어져 가고 있다는 것을. 초보 작가가 어찌 베스트셀러 작가가 되겠는가? 뻔뻔함 아니 당돌함으로 부끄러움을 내려놓기로 했다. 글을 쓰면서 지속적으로 나를 마주했다. 글을 통해 독자에게 무엇을 말하고 싶은지 반문했다. 안개 속의 어둠이 서서히 걷히는 듯했다. 내가 말하려는 것이 선명해지기 시작해 갔다. 신기했다. '시작이 반이다.'라는 말을 실감하며 마지막으로 짝꿍 퇴고에 이르렀다.

코로나로 강사의 일이 올스톱이던 2020년. 나의 두 아들을 위해 『엄마는 선물』개인 소장용 책을 냈다. 유언서를 미리 쓰는 마음에서였다. 아들들을 키우며 느꼈던 감동을 전하고, 할아버지 할머니와 연결된 엄마의 어린 시절을 엿보며 엄마와 아들들의 간격을 끈끈하게 만들 요량이었다. 엄마가 문득 그리워질 때 꺼내어 들춰보며 희미해진 추억 속 어린 시절을 만났으면 하는 바람에서다. 나의 엄마는 내가 결혼한 이듬해에 암으로 돌아가셨다. 아이를 출산하니 엄마가 사무치게 그리웠다. 엄마에게 물어보고 싶은 게 너무 많았다. 나를 어떻게 낳았는지? 나 키울 때 얼마나 힘들었는지? 내가 말 잘 듣는 딸이었는지? 궁금했다. 지금, 내 옆에 계시지 않기에 궁금함을 해소할 수 없었다. 엄마의 부재는 50이 넘어도 사무쳤다. 문득 엄마가 궁금해지는 어느 날, 두 아들이 『엄마는 선물』 책을 보며 자신들이 얼마나 소중한 존재인지를, 힘들 때, 답을 찾기 어려울 때, 기대고 싶을 때, ……. 엄마가 없는 빈자리를 책이 대신해주길 바라는 마음에서였다.

내가 쓴 글을 보면 볼수록 부끄러웠다. 퇴고는 끝이 없다는 우주힐러님의 말이 이해가 되었다. 공저자들의 글을 취합하고 먼저 읽는 특혜를 받아 가장 따끈한 글을 읽게 되었다.
첫째, 사연이 어찌 이리 많을까.
둘째, 나만 힘든 게 아니었구나.
셋째, 나만 열심히 산 게 아니구나.
공저자 10인의 인생 스토리. 그들의 인생에서 희로애락, 고진감래, 이 또한 지나가리니, 희망의 미래를 꿈꾸게 된다. 각자가 그려내는 꼭지 제목 하나하나에 얼마나 많은 이야기를 담고 있는지를 보았다. 가슴이 먹먹해지며 슬픔에 사로잡히기도 하고, 손을 불끈 쥐며 화딱지 나며 얼굴이 붉어지기도 했다. 분하고 억울했던 나날들을 어떻게 이겨냈는지 마음을 헤아려 보았다. 감탄이 절로 나왔다. 함께 웃고 함께 울고 함께 박수를 쳤다.

이 글을 만나는 독자들도 그랬으면 좋겠다. 위로받고 마음이 편안해졌으면 좋겠다. 아울러 내 안의 무궁무진한 힘을 알아차리길 바란다. 온 우주의 에너지를 모아서 기를 전한다. 빛을 향해 천천히 함께 가자고. 힘들었던 그날들은 선물이었다고. 곧 기억에 남는 기특한 날, 멋진 날이 될 것이라고.

이 책을 쓴 작가들도 그랬다. 프리랜서로, 직장인으로, 자영업자로 살아내면서 자신을 잃었었다. 무엇을 좋아하는지, 무엇을 잘하는지 잊은 채 시간의 흐름대로 살아가고 있었다. 그러다 내 안의 강력한 힘을 직시하고 흘러가는 시간을 붙잡았다. 완벽하지 않기에 평범한 인간이었다. 본연의 나를 발견하고 일상의 순간을 사랑했다. 도전을 통해 성장하고 새로운 꿈을 꾼다.

돌이켜 보면 허투루 산 인생이 아니었다. 지금의 삶을 돌아보고 미래의 꿈을 생각지도 못하는 이들이 많다. 눈을 뜨면 빠르게 변화하는 세상이다. 갈팡질팡 흔들리기 일쑤다. 이 책을 집어 들었다면 스스로를 칭찬해 주길 바란다. 살면서 각양각색의 시련과 고난을 만난다. 지금처럼 흘려 버리거나 놓쳐버린다면, 생의 마지막이 얼마나 초라할까. 내 안에 잠자는 거인을 알아차려 아주 작은 변화가 시작되길 소망해본다.

　자신의 삶을 한 땀 한 땀 기억하고 기록했다. 어렵지만 가치가 있었다. 『나를 키우는 힘』 1장, '폭풍우에 맞서다'에서는 인생에서 마주했던 고난과 역경을 담았다. 2장, '내 안의 힘을 알아차리다'에서는 쓰나미가 닥친 인생을 회복하는 내면의 힘을 알아차리고 돌파했던 순간을 털어놓았다. 3장, '도전을 통해 성장하다'에서는 포기하지 않고 성장으로 이어진 경험을 소개했다. 4장, '새로운 지평을 열다'에서는 어려움을 극복한 덕분에 상상도 못 했던 문이 열렸다는 이야기를 나열했다. 10인 10색의 성장 스토리를 담았다. 아마도 작가들만의 이야기가 아닐 것이다. 우리 삶은 서로 맞닿아 있음을 보여준다. 먼저 읽어 보고 싶은 부분부터 읽어도 무방하다. 어디를 펼쳐도 스스로를 키울 수 있을 것이다.

　우리는 이미 알고 있다. 나답게 산다는 게 어떤 의미가 있는지를. 다만, 내 안에 있는 강력한 힘을 알아차리는 게 어렵기 때문이다. 흔들리는 세상에서 나답게 살려면 어떻게 하면 되는가? 폭풍우가 치면 누구든지 두렵긴 마찬가지다. 하지만 얼마든지 이겨낼 수 있다. 시간을 내어 오롯이 나를 안아주자. 내 안에 힘이 있음을 인정하자. 폭풍우 견디며 살아온 세월의 주름과 그 안에 스며든 경험을 담아냈다. 누구보다 평범한 10명의 소소한 이야기다. 이 책이 여러분에게 도움이 되길 바란다.

이미자

차례

1장 ————

폭풍우에 맞서다

2장

내 안의 힘을 알아차리다

3장

도전을 통해 성장하다

4장 ————

새로운 지평을 열다

1 장

폭풍우에 맞서다

사별의 슬픔을 딛고

강숙아

살면서 어려움을 극복한 적이 있는가. 경험은 더 나은 내일을 만들어가는 힘을 준다. 포기하지 않고 해냈다는 자신감은 나를 살게 한다.

1997년 IMF 외환위기. 환율이 상승했고, 많은 기업이 무너지기 시작했다. 한전 등에서 하청받아 운영하던 남편의 사업도 예외는 아니었다. 공사대금을 받지 못했다. 직원들의 월급이 문제였다. 21%의 높은 이자율을 감당해야 했다. 더는 경영이 어려웠다. 폐업.

"이게 뭐야? 뭔데? 이 노란색 딱지들이 붙어 있어?"

평소와는 다르게 방 공기가 싸늘했다. 친정어머니가 사주신 나무 빛깔의 피아노에도 붙어 있다. 영문을 몰랐다. 좋은 징조가 아님을 직감했다. 외출에서 돌아온 남편에게 다그치듯 물었다. 남편은 잠시 생각에 잠긴 후, 미안하다고 했다. 그러고는 힘없이 말을 꺼냈다. 친한 형님에게 은행 보증을 서줬는데, 그 형님이 돈을 갚지 못했다고 했다. 마음 약한 남편은 세 들어 사는 형에게 결혼하기 전에 보증을 서줬던 게 화근이었다. 집안 모든 물건에 압류 딱지가 붙었다. 집까지 경매에 부친다는 것이다. 막막했다. 아이들은 어렸고, 살고 있던 집마저 잃게 될 상황이었다. 그날부터 남편은 좌절감에 빠졌다. 그토록 믿고 따랐던 형에 대한 실망과 배신감이 컸다. 그는 매일 같이 술로 절망감을 달랬다. 그런 남편을 바라보며 어떻게 해야 할지 몰랐다. 그를 이해하고 돕고 싶었지만, 나 역시 지쳐가고 있었다. 그 후 몇 년 지나 남편과 사별했다. 과음과 스트레스가 원인이었다. 남편을 잃은 후, 하늘이 무너지는 기분이었다. 슬픔은 현실로 다가왔다. 아들은 고등학교 3학년, 딸은 고등학교 1학년이었다. 아빠의 빈자리는 너무나 컸다.

"엄마, 축구도 학교도 그만둘게요."

청천벽력과도 같았다. 육지 대학에 스카우트 되어 잘 적응하던 아들이었다. 어떻게든 말렸다. 홀로 남겨진 엄마를 위하는 아들의 마음이 기특했다. 걱정하지 말라고 다독이며 다시 학교로 올려보냈다. 돌이켜보면 잘한 일이었다.

경제적으로 어려움이 많았다. 통장에는 단돈 10만 원도 없었다. 막막했다. 아픈 날도 예외는 아니었다. 며칠만 허락했다. 책임져야 할 아들과 딸이 있었기에 슬프다는 이유로 약해지면 안 된다는 생각뿐이었다. 마음을 단단하게 잡았다. 다시 일어났다. 슬픔을 다른 시각으로 봤다. 내 인생에서 가장 큰 도전이자 성장의 기회로 삼았다. 누구한테도 아쉬운 말을 하지 못한다. 모든 고통을 혼자 끙끙 앓았다. 당시에는 고통스러웠지만, 시간이 지나면서 그 경험을 통해 얼마나 강한 사람인지 깨달았다. 다른 사람들을 더 공감하고, 그들의 아픔을 이해할 수 있게 됐다. 또한, 나를 더 사랑하고 소중히 여기는 법을 배웠다.

음악학원을 운영하고 있었다. 학원생들이 많지 않았다. 아들과 딸을 공부시키기에는 경제적으로 부족했다. 음악학원은 오후 1시부터 6시까지 운영되었고, 나머지 시간은 다른 일을 해야 했다. '보육교사 1급 자격증' 덕분에 오전에는 어린이집에서 아르바이트. '한식 조리사 자격증'도 있어서 저녁에는 식당 아르바이트를 했다. 간신히 생업을 유지할 수 있었다.

오전 어린이집에서 일하는 동안, 아이들과 만나며 그들의 순수한 웃음 속에서 힘을 얻었다. 많은 위로와 용기를 받았고, 마음의 치유도 되었다. 열정과 사랑으로 아이들을 대했다. 음악을 통해 자신의 감정을 표현하게 됐다. 음악의 아름다움과 함께 삶의 소중함을 가르쳐주고 싶었다. 그것은 나의 사명이었다. 음악은 더 없는 치유의 현장이었다. 또한, 식당에 일하면서 다양한 사람들을 만났다. 그들과 나누는 소소한 대화는 고된 하루를 버티는 원동력이었다. 이 모든 경험들이 살아갈 힘이 되었다.

사별의 슬픔을 극복하는 과정에서 많은 것을 배웠다. 나를 더 강하게 만들었고, 삶의 소중함을 일깨워주는 계기가 되었다. 중요한 것은 그 슬픔에 매몰되지 않고, 앞으로 나아가는 용기와 희망을 잃지 않는 것이다. 삶의 어려움을 극복한 경험은 더 나은 내일을 만들어가는 끈이 되었다. 다른 사람들에게도 희망과 용기를 전할 수 있었다. 지금 내 옆에 없지만, 그를 기억하며 더 단단해지고 강해진다. 계속해서 앞으로 나아간다. 아이들과 함께.

큰 상실을 겪은 경험이 있는가? 괜찮다. 그 슬픔은 얼마든지 극복할 수 있다. 아니 다시 일어설 수 있다고 확신한다. 음악을 배워보면 좋겠다. 아름다운 음악의 선율은 살면서 마주하는 어려움을 이겨내는 원동력이 될 것이다. 슬픔을 단지 슬픔으로 여기지 말자. 슬픔을 극복하는 과정에서 더욱 강해지고, 자신을 돌아보며 성장할 수 있을 것이다. 나 역시 그랬다. 사별은 견디기 어려운 고통이었다. 중요한 것은 그 슬픔에 빠지지 않고, 앞으로 나아가는 용기와 희망을 잃지 않는 것이다. 어려움을 극복하면 당신에게 더 나은 내일을 만들어가는 힘을 줄 테니까.

한라산 정복과 맞바꾼 인공 인대

박하

25살 겨울. 엄청난 눈이 내렸다. 초등학교 친구들과 겨울 산행을 결정했다. 무리라는 것을 안다. 경험상 눈 쌓인 한라산 정상 등반은 쉽지 않기 때문이다. 폭설에는 등산이 금지되는 일이 허다하다. 하지만, 계속해서 날씨를 살펴보기로 하고 헤어졌다.

다음 날, 다행히 눈이 멈추고 햇볕이 나왔다. 기대와 설렘을 안고 조금 늦게 출발했다. 드디어 등산 시작! 젊음이 무기였던 우리. 대동단결로 한 명의 낙오자도 없이 정상에 올랐다. 그러

나를 키우는 힘

나 문제는 하산이었다. 등산은 오르는 것보다 내려오는 것이 더 어렵다는 정설이 있다. 눈길이라 미끄럽기도 하지만 힘 조절도 어렵기 때문이다. 모든 무게를 하체에 싣고 한 발 한 발 조심히 내려와야 한다. 미끄덩하는 즉시 어떻게 될지 모른다.

하산을 누구보다 잘한다. 날다람쥐처럼 달려 내려갔다. 그러나 눈 녹은 길에 헛발을 디딘 순간 삐끗하며 미끄러졌다. 순식간에 산 아래로 굴러떨어졌다. 무릎에 심한 무리가 간 줄로만 알았다. 바로 119를 부르자는 친구들의 말을 만류하며 가까스로 걸어 내려왔다. 이게 심각한 결과를 만들고야 말았다. 그날 밤, 펄펄 끓는 고열과 무릎의 통증. 칼로 찌르듯이 심해져 갔다. 얼음으로 냉찜질하며 통증을 참았다. 도저히 참을 수 없었다. 쏟아지는 눈물로 얼굴이 뜨거웠다. 잠을 한숨도 못 잔 채 꼬박 날을 샜다.

아침이 되자 정형외과를 찾았다. 청천벽력 같은 진단. 일분일초도 망설일 시간이 없었다. 십자인대와 그 옆을 지지해 주는 보조인대가 끊어졌다. 심각한 상황이었다. 지체할 시간이 없다고 했다. 곧바로 수술실로 옮겨졌다. 인생 일대의 수술이었다. 무릎에 인공 인대가 들어갔다. 반영구적으로 이것에 의지하며 살게 될 거라고 했다. 수술은 잘됐다고 했다. 아무런 말도 들리지 않았다. 아니 어떤 말도 위로가 되지 않았다. 장기 입원이 결정되었다. 인공 인대가 몸속에서 자리 잡을 동안 집

스하고 있어야 했다. 무릎부터 발목 위까지 길게 이어진 깁스의 무게는 쇳덩이처럼 느껴졌다.

한 달이 될 무렵이었다. 드디어 깁스를 풀었다. 다리가 어떤 상태인지 전혀 생각해보지도 않았다. 그래서였을까? 패닉 상태에 빠졌다. 하얗게 새 다리가 되어 속살을 내비친 왼쪽 다리는 다른 쪽의 반만도 못했다. 다시 뜨거운 눈물이 흘러내렸다. 앞이 캄캄해졌다. 사람의 다리라고 할 수조차 없는 비참한 몰골이었다. 작대기같이 가늘기 짝이 없는 다리가 눈앞에 덩그러니 놓여 있었다. 의사도 간호사도 눈살을 찌푸렸다. 인대가 고정되면 재활치료를 시작하라고 했다. 하루에 한 시간 이상 재활치료실에서 가벼운 운동부터 하라는 오더만 남긴 채 자리를 떠나버렸다. 텅 빈 병실에서 울다 지쳐 쓰러지고 다시 울기를 반복했다.

이제 이 다리로 어떻게 해야 할까? 다시 원래의 다리로 돌아갈 수 있을까? 그렇게 좋아하는 운동을 할 수 있을까? 정신을 차리자 떠오른 생각이었다. 다행히 우리 가족에게는 초긍정의 DNA가 흐르고 있었다. 이날부터 이를 악물고 다짐했다. '나, 박현희! 인간 승리를 보여줄 것이다. 근육으로 다져진 매끈한 다리를 만들고야 말 것이다.' 스파르타식 맹훈련에 돌입했다. 밥 먹는 시간 외에는 재활치료실에서 살다시피 했다. 운동하지 않는 시간조차 그곳에서 견뎠다. 어떻게든 걷고 또 움직여야만 했다. 이것이 나를 살리는 유일한 길이었다.

정형외과에서 지독하기로 유명한 환자라는 이름을 얻었다. '몇 호실 환자 박현희' 하면 악명높았다. 재활치료사는 두 손 두 발 다 들어버렸다. 하지만 과정은 말로 표현할 수 없는 혹독한 시간이었다. 뼈만 앙상한 새 다리가 조금씩 팔뚝만 해져 갔다. 날이 갈수록 빠르게 호전되었다. 근육이 붙기 시작했다. 예전 다리만큼은 아니지만 보기에 나쁘지 않았다. 드디어 퇴원하는 날이 왔다. 통원 치료가 가능하다고 했다. 해내야 한다는 집념만이 유일한 방법이었다. 결국, 해냈다. 근육 붙은 예전의 다리로 만들어 놓았다. 그야말로 인간 승리의 시간이었다.

그날의 아픔이 내게 말을 걸어온다. '한다고 하면 해내고야 마는 독한 집념과 의욕을 갖고 태어난 강인한 아이'라고. 그게 줄곧 인생에 작용하고 있었다. 학창 시절 공부도, 운동도, 심부름마저도 끝까지 해냈다. 살면서 이런 자세로 모든 일에 임했다. 고난과 역경의 시간이 나를 강하게 키운 것이다. 눈물 흘리며 재활치료실에서 쏟은 땀과 노력은 헛되지 않았다. 이보다 험난하고 뼈아픈 시간이 다시 찾아올지 모른다. 용기 있게 맞설 것이고 이겨낼 것이라는 걸 증명해 보였다. 살면서 누군가의 격려가 필요할 때도 있다. 하지만 절체절명의 순간에 독려해야 하는 것은 나 자신뿐이었다. 이렇게 한라산 정복과 맞바꾼 인공 인대가 몸속에 녹아 있다.

지금까지 단 한 순간 운동을 놓아본 적이 없다. 근육으로 다져진 다리를 위해 운동은 평생 해야 할 숙제가 되었다. 비가 오거나 궂은 날씨에는 수술한 다리가 욱신거려 온다. 요가에서 할 수 없는 동작도 생겼다. 과격한 운동은 절대 하지 말라고 한다. 그러나 모든 제약을 극복해냈다. 더불어 건강해졌고 운동으로 활력있는 삶을 살고 있다. 인생에서 아픔과 고통의 시간은 찾아오기 마련이다. 내가 어떤 마음 자세로 받아들이느냐에 따라 완전히 다른 인생을 살 수 있다고 확신한다. 나의 의지대로 무엇이든 바꿀 수도 있고 이루어 낼 수도 있기 때문이다.

"인생이란 폭풍우가 지나가기를 기다리는 것이 아니라 그 속에서 춤을 출 줄 알아야 한다."라고 말한 비비안 그린의 명언을 가슴에 안고 살아가고 있다. 이루 말할 수 없는 고통 속에서 이제는 말할 수 있다. '어떻게 살아야 할 것인가?' 인공 인대가 들어간 다리가 대답해 준다. 이겨내려는 의지만 있다면 반드시 해낼 수 있다는 것을. 우리가 고통을 겪는 과정에 꼭 기억해야 할 게 있다. 바로 '자유 의지'라고 생각한다. 오늘도 탄탄해진 두 다리로 운동하러 길을 나선다.

새로운 환경에의 갈망

시냇물가

      누구나 살면서 결단할 때가 옵니다. 때론, 그 결단이 인생에 큰 변화를 가져옵니다. 살아가다 보면 몇 번의 큰 기회를 만납니다. 그것이 기회인지 아닌지 모르기도 하지요. 기회가 왔을 때 결단하는 사람이 있습니다. 그러지 못하는 사람도 있고요. 그 기회와 결단은 삶을 살아가는 방향과 방식, 삶의 질에 영향을 미칩니다.

      어린 시절 경제적으로 부유했습니다. 이발소도 운영했지요. 이발사 아저씨가 귀여워하며 이발해 주신 기억이 있습니다. 네

다섯 살 때쯤, 빚보증으로 아버지 사업이 망했습니다. 아마도 그것 때문이겠죠. 삶이 힘들고 고단했습니다. 그래서 누군가 빚보증을 요청하면 '알레르기 반응'을 합니다.

경제학자 파레토가 말했습니다. '이 세상 부의 80%는 20%의 소수가 가지고 있고, 나머지 20%는 다수인 80%가 가지고 있다.'라고. 이 80%에 해당하면 원하지 않더라도 가난한 삶을 살아갑니다. 우리 집도 예외는 아니었습니다. 오랫동안 살아왔던 터전을 떠났습니다. 부산으로 이사하면서 가족이 뿔뿔이 흩어졌습니다. 아버지는 시골로 가서 농사를 짓고, 장남인 형은 광주에서 일했습니다. 나와 동생은 어머니와 살았죠. 부산에서 초중고를 다녔습니다. 뻥튀기 과자 장사, 여름에는 콩국수, 겨울에는 호떡 장사. 어머니는 닥치는 대로 일하면서 자리를 잡기 위해 애쓰셨습니다.

중학교 졸업 무렵, 담임 선생님과 진학 상담을 했습니다. 어머니, 형과 상의 끝에 실업계 고등학교로 진학했지요. 경제적으로 안정되면 야간대학이라도 갈 계획이었고요. 성적이 괜찮은 편이어서, 담임 선생님은 인문계 지원을 권했지만, 부산 P상고에 진학했죠. 졸업하면 은행에 취업할 수 있으니까요.

사람 일은 알 수가 없습니다. 상고 입학 후 또 한 번의 시험을 봤습니다. '진학반' 선발이었죠. 이 반은 특별반이었습니다. 상고 정규과정을 마치고 국영수를 보충하는 인문계 과정이었죠. 일정 순위 안에 드는 학생들이 대상입니다. 대학 진학을 원하면 들어갈 수 있습니다. 고민 끝에 신청했죠. 은행 취업은 할 수 있으니 인문계 공부를 병행하기로 선택한 거죠. 대학을 진학하든, 취업하든 나중에 상황 보면서 결정하기로 했습니다. 더 나은 삶에 대한 내적인 갈망의 결과였지요. 할 수 있는 일에 최선을 다했습니다. 그 최선은 공부였습니다. 내 몫을 다하는 게 집안을 돕는 거라 여겼거든요.

학력고사 결과, 서울의 K대, Y대, 그리고 부산의 P대가 합격권에 든다고 합니다. 몇 차례 가족회의를 했습니다. 은행 취업 후 야간대학에 진학할 것인지. 아니면 바로 대학 진학을 할 것인지. 어머니는 취업부터 하면 좋겠다고 하십니다. 꼭 진학하고 싶으면 P대를 가라고 하셨죠. 반면, 형은 내 의견을 묻더군요. 막상 선택하려니 많은 생각이 오갑니다. 일어나고 벌어질 일들을 떠올려봤습니다. 중요한 선택의 기로였지요. 집안 형편을 보면 취업하거나 P대에 진학하는 게 순리였습니다.

현실에 순응하는 것이 최선의 결정일지 고민되었습니다. 집안 형편에 맞추어 따라갔을 때의 삶을 떠올려 보니 벗어나고 싶어졌습니다. 새로운 삶에 대한 갈망이 간절했습니다. 마음을 다시 잡아보았습니다. 현 상황을 넘어서 보자. 무리가 되더라도 시도해 보자. 솔직한 마음입니다. 두고두고 후회하지 않으려고 결단했습니다. 처음이었지요. 하고 싶은 것을 선택한 고민과 결단이.

"1학기 등록금하고 한 달 하숙비만 마련해 주세요. 다음은 내가 알아서 할게요."

"그래 네 뜻대로 해라. 힘닿는 데까지 지원하마."

형에게 감사했습니다. 어머니도 결국 찬성하셨지요. 그해 겨울, K대 원서 접수를 위해 서울로 갔습니다. 부산진역에서 완행열차를 탔습니다. 9시간 걸려 용산역에 도착했지요. 처음 밟아 본 서울 땅이 용산이었습니다. 부산과는 공기가 다릅니다. 유난히 춥더군요. 마치 녹록지 않은 앞으로의 대학 생활을 암시라도 하듯이……

서울 생활. 생존해야 했습니다. 압박이었지요. 낭만적인 대학 생활은 사치였습니다. 하숙집을 구하고 주변 지리를 익히며 아르바이트 자리를 찾아다닙니다. 정신없었습니다. 한 달이 지나갈 때쯤, 학교 정문 앞 3층 건물에 광고가 눈에 띄었습니다. '신문배달원 모집'. 그 밑에 '숙식 제공'. 작은 글씨였지만 눈에 들어왔죠. 바로 찾아가서 상담해보니 약간의 용돈도 준다더군요. 얼마나 기뻤는지 모릅니다. 담당구역이 학교 캠퍼스와 기숙사입니다. 일하기가 편했지요. 아마도 보급소에서 배려해 준 것 같습니다. 어느 정도 적응해갈 때쯤. 학생과에 신문 배달하고 있는데 누군가 부릅니다. 돌아보니 예쁘게 생긴 누나뻘 되는 교직원인 듯했습니다. 교련복 입은 나에게 말합니다. "신문 배달하면서 학교 생활하기 힘들지 않니? 끝나면 학생과로 찾아와!"

나를 키우는 힘

내가 처한 상황에서 열심히 살았습니다. 그래서일까요. 도움의 손길이 찾아왔습니다. 그 누나가 은인이었던 거죠. 비교적 수입도 많고 근무 시간도 편한 아르바이트 자리를 소개받았지요. 학교 도서관 정기간행물실 서적 정리, 은행 숙직, 거리 질서 도우미 등. 인기 있는 일자리였습니다. 대기자가 많았거든요. 그녀의 특별한 배려라는 것을 나중에 알았습니다. 얼마나 감사하고 고마웠는지 모릅니다. 대학 생활이 점차 안정되어 갔습니다. 새벽 5시 기상, 광고 홍보지 끼워 신문 배달 후 등교했었지요. 그때에 비하면 여유도 생겼고요. 천국인 듯, 꿈만 같았습니다. 서서히 주변 물정도 알아갔습니다. 슬기롭게 서울 생활을 할 수 있는 안목도 생깁니다. 당시 금지되고 있었던 입주 과외를 알음알음으로 시작했습니다. 숙식 해결과 약간의 월급도 받았습니다. 큰 무리 없이 졸업!

돌이켜보니 결단이 소중했습니다. 마음이 간절하니 방법이 생기고, 없던 길도 나타났습니다. 결단이 있었기에 새로운 삶에 대한 도전이 가능했던 겁니다. 새로운 삶의 방향을 잡을 수 있었고요. 더 나은 삶을 위한 발판이 된 거죠. 만약 상황에 순응했거나 안주했더라면 얻을 수 없었겠지요. 시도하지 않으면 아무 일도 일어나지 않습니다. 나답게 주체적으로 살 수 있는 소중한 경험에 감사할 따름입니다.

폭풍우가 와도 다 지나간다

양정숙

2020년 2월 16일. 남편이 검사 결과를 받은 날입니다. 입안에 자꾸 이물감이 있다고 합니다. 불편하다고 호소하는 남편과 이비인후과를 찾았습니다. 의사 선생님은 바로 큰 병원을 예약해서 가 보라 하십니다. 무슨 큰 병이라도 걸렸나 싶어 조마조마했습니다. 빨리 진료받을 수 있는 날을 예약했습니다.

"설암이십니다."
의사의 한마디. 듣는 순간 가슴이 철렁하면서 아무 말도 할 수 없었습니다. 10년 전의 악몽이 떠오릅니다. 그날도 남편은 쓰러져 응급실로 실려 갔습니다. '어쩌면 좋지?'를 수없이 되뇌었습니다. 남편을 어떻게 위로해야 할지 막막했습니다. 안절부절 어쩔 줄 몰라 하는 나였지만, 남편은 의외로 덤덤합니다.

부모에게 물려받은 것 없이 열심히만 살아낸 사람. 맨 처음 건물을 지은 것은 신의 한 수였습니다. 은행에서 자금을 회전시켜 준 덕에 200평 땅에 건물을 올렸습니다. 지인들 모두가 너무 크게 일을 저질렀다고 했습니다. 곧 무너질 것이라고. 그러나 아랑곳하지 않고 우리 부부가 할 수 있는 최선을 다했습니다. 아직 도시가 생기지 않은 허허벌판. 원을 짓고, 아이들을 모으기 위해 뛰어다녔습니다. 가정방문도 셀 수 없이 많이 했습니다. 인근 지역 곳곳을 다니면서 광고물을 붙이기도 했습니다. 장소가 외진 곳이었지만 다행히 아이들을 많이 모을 수 있었습니다. 열심히 한 덕분일까요. 모두가 놀랄 정도의 원을 운영하였습니다.

그러던 어느 날, 어쩔 수 없이 원을 정리해야 할 시기가 왔습니다. 교육제도가 바뀐 겁니다. 내게는 한마디 의논 없이 정리를 해버렸습니다. 나는 아무 말도 하지 못했습니다. 남편은 누구보다 원을 사랑하고 진심이었거든요. 그가 결정한 것은 당연한 이유가 있다고 생각했습니다. 모든 것이 정리되었고 이사했습니다. 서로를 위로하며 가족들과 저녁 식사를 하기로 했습니다. 그동안 수고했노라고 작은집 식구들도 초대했습니다.

"여보, 앞이 잘 보이지 않아."

식사 중 남편은 계속 나를 찾았습니다. 괜찮거니 무시했습니다. 큰일 치르느라 약간의 스트레스를 받았으리라 생각했지요. 음식을 차리는데 남편이 쓰러졌습니다. 다행히 근처에 병원이 있었습니다. 급히 작은아빠(동생)가 업고 응급실로 뛰었습니다. 링거를 꽂고 남편을 지켜보았습니다. 한두 시간이 지났지만, 혈압이 오르지 않습니다. 큰 병원으로 가라고 권해 주었습니다.

병원 구급차를 타고 상위병원 응급실로 갔습니다. 그곳에서도 마찬가지였습니다. 링거를 꽂은 채, "손 들어보세요. 발 들어보세요." 주문합니다. 뇌경색을 의심하는 눈치였습니다. 갑자기 마음이 불안해집니다. 그렇게 시간은 계속 흘러갔습니다. 인턴들이 한 시간 간격으로 바뀌었습니다. 11시를 넘기고 있을 때쯤. 조금 정신이 들었는지 집에 가겠다고 여러 차례 말했습니다. 확실한 병명을 모르니 갈 수 없는 상황이었지요. 다음 날 오전, 의사 협진을 받아보자고 설득했습니다. 그새 또 새로운 인턴이 왔습니다. 같은 검사를 반복했습니다. 화가 치밀어 올랐습니다. 남편에게 "똑바로 대답 좀 해 보셔."라고 다그쳤지요. 남편은 의사에게 계속 집에 가겠다고만 합니다. 의사는 한 가지 검사만 더 해 보고 보내드리겠다고 하더군요. 그러면서 긴 호스를 남편 코에 꽂습니다. 순간 피가 응급실 바닥으

나를 키우는 힘

로 쫙 하고 쏟아졌습니다. '아' 외마디 비명뿐. 한발도 떼지 못하고, 그대로 멈춰버렸습니다. 의사는 드디어 원인을 찾아냈다며 크게 한숨을 내쉽니다. 위 천공, 내부 출혈을 발견한 것입니다. 나중에 깨달았습니다. 그렇게 새벽을 맞이했다면 살아있기 힘들었음을.

　중국 유학 중인 아이들에게 연락해야 하나? 지금 통장의 잔고가 얼마나 남았지? 이 사람을 어떻게 살려줘야 할까? 많은 생각이 교차했습니다. 병원은 급하게 의사들에게 연락했고, 응급으로 수술이 진행되었습니다. 6시간의 긴 수술. 깜깜한 수술실 앞에 앉아 있었던 나. 어떻게 시간이 흘렀는지 지금도 생생합니다. 그곳엔 아무도 없었습니다. 수술실만 바라보며 멍하니 앉아 있을 뿐이었죠. 그동안 살아왔던 삶이 파노라마처럼 스쳐 지나갔습니다. 너무 억울하고 화가 났습니다. '열심히 살았는데……. 내가 믿는 신은 이 상황에 내게 무엇을 더 바라시는 걸까? 긍정적으로 생각하자. 괜찮을 거야.' 수술실에서 나온 남편을 보자 눈물이 왈칵 쏟아졌습니다. 얼마나 울었는지 얼굴이 빨갛게 달아올랐어요.
　며칠 후 퇴원하게 되었습니다. 모든 것이 바뀌었습니다. 위에 좋은 것들을 찾아 먹기 시작했지요. 민들레즙을 먹으면 효과가 좋다고 들었습니다. 강화 쪽 낮은 산들을 다니며 민들레를 직접 캤습니다. 즙도 내서 먹이고 말려서 끓여 마시게 했습니다. 3개월 정도 지났을 때, 치료가 잘 마무리되었다는 의사의 말. 이제야 겨우 안심이 되었습니다.

　그 후로 십 년. 이번에는 암이라니요. 남에게 해코지 한번 하지 않고 살았습니다. 주어진 일을 성실하게 해왔습니다. 착하게 살았는데 왜 자꾸 이런 일이 생기는 걸까요? 속상했습니다. 남편은 어린이집 대표였고, 다양한 일들을 해내고 있었습니다. 그 시간 속에서 너무 힘들어 보였습니다. 차라리 잘됐다며, 이번 수술 하고 나면 다시는 외부 일은 하지 말자고 약속했습니다. 그래도 다행입니다. 초기라서 그 부위만 제거하면 되었습니다. 3일 만에 퇴원했습니다. 입안에 거즈를 한가득 물고 있는 남편. 아무 내색도 하지 않고 혼자 감당해 냈습니다. 그의 모습을 보면서 내 마음은 너무 쓰리고 아팠습니다. 티 내지 않고 위로와 응원을 보낼 뿐이었습니다.

　"그래. 이제는 일 그만하고 하고 싶은 거 하며 살아요!"

　첫해 1년은 먹는 것에 집중했습니다. '잘 먹고 잘 쉬게 하자' 그렇게 다짐했지요. 남편도 아픈 내색 없이 열심히 운동했습니다. 일도 거의 줄였습니다. 스스로 안정감을 찾은 듯합니다. 한 달에 한 달에 한 번씩, 그다음엔 6개월에 한 번. 정기적으로 검진받았습니다. 그렇게 시간은 어김없이 흘러갔습니다.

　자신의 아픔을 주위 사람들에게 내색하지 않습니다. 스스로 견뎌내면서 버텨냅니다. 그 때문일까요. 함께인 나는 더 약한 모습을 보일 수 없었습니다. 남편 몫까지 더 할 수 있으면 해야 겠다는 생각뿐이었습니다. 이제 5년이 곧 지나갑니다. 사실로 믿기지 않을 만큼 건강해졌습니다. 시간은 그냥 흐르는 건 아 닌가 봅니다. 살면서 누구나 시련을 마주합니다. 하나 기억할 건, 닥쳐온 폭풍우도 다 지나간다는 겁니다. 또 다른 시련이 와 도 지금 이 자리를 지키면서 묵묵히 버텨내면 희망이 찾아오리 라 확신합니다. 지난 고통의 시간이 전해준 가르침이랍니다.

내 안에 있는 쌈닭이 드러나다!

이미자

결혼해 보라, 당신은 후회할 것이다.

그러면 결혼하지 말라, 당신은 더욱 후회할 것이다.

− 소크라테스 −

'결혼? 인생에 꼭 필요한 코스일까?'

혹자는 '결혼은 미친 짓이다', '결혼은 환상이다.' '결혼은 현실이다!' 심지어는 TV 프로그램명이 '결혼 지옥'. 부정적이다. 26년의 결혼 생활을 통해 '결혼은 진짜 나를 만날 유일한 기회'라고 말하고 싶다. 결혼은 '해도 후회, 안 해도 후회'라는 단순

나를 키우는 힘

한 선택의 문제로만 볼 수 없다. 적어도 나는 그렇다. 학창시절 어떤 사람과 결혼할 것인가에 대해 구체적으로 생각해 본 적이 없다. 단지 '나보다 더 똑똑하고 나보다 훨씬 괜찮은 사람 만나야지.'라며 막연하게 생각했다. 대학 시절, 동기들은 남자라고 생각하지 않았다. 왜냐하면 '남자는 여자보다 정신연령이 낮다.'라는 고정관념의 결과다. '여자는 남자를 잘 만나면 팔자를 고친다.'라는 말에도 저항했다. 여자가 무슨 팔자 고치려고 결혼하는 것인가? 팔려 가는 것도 아니고!, 미팅에서 의대생을 만나면 개뿔도 없으면서 잘난 척을 했다. 괜히 이과생에게는 '머리 빈 공부 잘하는 애들'이라고 말하던 그때는 인생에 대해 조금 아는 것처럼 살았다. 신데렐라처럼 인생 역전을 꿈꾸는 여성들에 대해서는 괜히 한심하게도 생각했다. 페미니즘이란 개념도 없었는데 그냥 본능적이었다. 그네들처럼 그렇게 살지 않겠다며 지방에서의 순응적인 삶에 대한 반발심과 '내 인생은 내가 만든다'라는 순수함의 동경으로 서울살이를 시작했다.

내 인생에 다양한 도전을 하고 싶었다. 지방에서 올라왔어도 일명 촌티가 나지 않는 20대 중반의 삶은 당차고 재미났다. 성격상 머무름보다는 자유로움에 반응하다 보니 일 역시 프리랜서로 시작했다. 20대 중후반에 중국·유럽 배낭여행도 다녀올 정도로 나는 자신감이 넘쳤다. 백화점 명절 시즌에 '백세주'를 파는 아르바이트를 했는데, 전국 1등을 하여 시상으로 사이판 여행을 다녀온 적도 있다. 그렇게 무얼 하면 열정적인 사람이었다. 그런데도 일정하지 않은 수입, 소속감 없는 삶에 불안이 틈탔다. 발달심리학자 에릭 에릭슨은 20대의 발달 과업으로 친밀감 대 고립감을 주장했다. 본능적으로 나 역시 20대의 친밀감을 갈망했다. 29세의 적지 않은 나이에 보란 듯이 고시생과 결혼했다. 지금 생각해보면 어이가 없다. 사랑이 밥 먹여주는 것도 아닌데 말이다. 결혼 생활에 대한 비현실적인 나의 결정, 고생문이 열리는 내 발목을 잡는 가장 치명적인 헛똑똑의 결정판이었다. 인류지대사인 결혼에 대해서 우리 부모는 왜 이야기해 주지 않았을까? 하다못해 학교에서라도 결혼의 의미와 결혼할 때 어떤 것이 중요한지, 인생을 잘 살기 위한 자기 이해를 가르쳤더라면 하는 아쉬움이다. 공교육에 애꿎은 탓을 해 본다. 자신에 대해 무지한 채 '결혼은 사랑하는 사람이랑 해야지.', '똑똑한 남자니깐 뭘 해도 해낼 거야!' 무한 긍정으로 호기롭게 결혼 생활을 시작했다. 그 순수함의 신념과 확신의 빛은 바래졌다. 과거에 한심하다고 말한 그네들이 매우 현실적인 친구들이었음을 시인하기도 부러워하기도 했다.

'결혼이란 사랑하는 사람이 만나 함께 힘이 되어 주고 서로 성장해 가는 것이야!'라고 생각했다. 내면의 진실은 남편의 성공에 올라타지 않는 나의 헌신을 명분으로 내세웠다. 변호사 부인을 꿈꾼 속물이었음을 훗날 자기 탐색을 통해 알았다. 우리의 결혼은 시나리오대로는 되지 않았다. 독하지도 않은 남편은 결국 고시 실패. 가장이 되어 취업하고 자신의 꿈과는 점점 멀어지는 삶을 살게 되었다. 역시 나의 꿈도 산산이 부서졌고 결혼 생활은 순탄하지 않았다. 남편은 착하고 좋은 사람이다. 특히 다른 사람에게 아주 친절했다. 그런 모습이 너무 가식적이라고 생각했고 안과 밖이 다른 남편을 늘 비난했다. 내 안에 있는 쌈닭이 드러나는 순간들이었다. "당신은 다른 사람이 가족보다 소중하냐", "이 집안에는 내 편이 아무도 없다!", "당신은 이기적이다!" 이렇게 매서운 말들로 찔러대며, 삼한사온의 날씨처럼 우린 잦은 다툼을 하다 보니 시댁 식구들과도 그리 편하지 않았다. 다행스럽게 첫아이가 찾아왔고 내 삶은 남편이 아닌 아이에게 시선을 옮기며 육아에 몰두하면서 마냥 행복하고 즐거웠다. 그러는 와중에도 '엄마로서는 행복한데 아내로서는 행복하지 않다.'라며 불평했다. "나는 이렇게 열심히 하고 있는데 당신은 도대체 무얼 하냐?"며 쌈닭처럼 남편을 공격하며 끝도 없는 나락으로 떨어졌다. 감정에 솔직하게 살고 싶었지만 삐뚤어졌다 "끝내!". "이제, 그만 살자". 나의 감정을 쏟아냈던 어느 날, 해머로 맞은 듯했다. '네가 원하는 것은 이혼은 아니잖아?', '좀 솔직해져라!'라고 말을 건넸다. 매번 남편을 원망하고 탓하는 이유를 성찰했다. "나는 이렇게 구질구질하게 살면 안 되잖아!", "왜 내가 이러고 사는 거지?" 그 정체는 교만에 찌든 자존심이었다. 그런데 우습게도 더 깊은 내 마음은 남편에게 인정받고 싶은, 사랑받고 싶은 마음이었다.

어쩌다가 긍정적인 것처럼 밝은 사람인 것처럼 살지만, 가장 가까운 남편에게는 징징거리기만 하는 형편없는 아내였다는 것을. 그렇게 살다가 끝이 뻔하다는 것을 직감적으로 알아차렸다. 남편 탓만 하는 사람이 아닌 부끄럽지 않은 엄마가 되어야겠다고 다짐했다. 아이들과 잘 놀아주고 아이들을 보며 감동하고 감탄하는 엄마 재능이 있었다. 그 재능을 꽃피울 수 있는 문화센터에서 '오감발달놀이 강사' 워킹맘이 되었다. 외벌이 남편에게 의지할 때 나아지지 않은 살림에 대한 원망이 컸다. 경제적으로 자유롭게 되면서 불평은 줄었다. 그렇게 내 삶에 긍정을 부여하며 행복한 엄마, 일하는 여성으로 자리매김했다. 결국, '내 인생은 내가 만들어간다.' 젊은 날의 신념을 지켰다. '마흔이 넘으면 자기 얼굴에 책임져야 한다.' 쌈닭의 시선은 외부에서 내부로 옮겨졌다. 어제의 나와 오늘의 나를 만나며, 오늘보다 나아진 내일을 기대한다.

열등감을 우월감으로 포장하며 살았던 청소년기 시절의 나를 만났다. 부모에게 사랑받으려고 안간힘을 쓰는 눈치 빠른 어린 나도 만났다. 감정에 휩쓸려 정작 해야 할 말을 부정적으로 하는 나의 모습을 대면할 때 자괴감을 느꼈다. 생각과 감정을 분리하며 하고 싶은 말이나 욕구가 무엇인지를 먼저 묻고 정리하여 말하는 연습을 시작했다. 결혼 전에 살아온 29년의 세월에서 만나보지 못한 나를 마주하며, 그렇게 내가 원하는 것을 찾아가고 이루어 갔다. 서로 다른 것 같지만 닮아 있는 남편을 인정하며 사랑을 잘 표현하는 사람으로 살아가고 있다. 무의식의 감정에 휘둘리지 않고 살아가는 법을 배운다. 그런 이유 때문일까. 오늘이 아깝다. 핸드폰에 '평생 내편'으로 저장했다. 남편을 사랑한다. 있는 그대로를 수용하는 것은 아직도 어려울 때가 있다. 그럼에도 노력하는 지금이 너무 소중하고 감사하다.

"결혼을 통해서 진정한 나를 만나고, 사랑의 결실인 자녀들에게서 부모님의 흔적을 만나는 것이 얼마나 아름다운 삶인가! 결혼하고 엄마가 된 것이 내 인생에 가장 잘한 일이다! 결혼은 오롯이 나를 마주할 수 있게 하는 인생 여정이며, 나를 가장 성장시키는 공동체다!"

이건 끝이 아니야!

이은정

"왜 땀 안 나지?"

뭔가 이상했다. 매일 걷는 건, 내 일상의 중심이었다. 발걸음을 옮길 때마다 나는 땀도 상쾌할 정도다. 어쩌면 건강함의 증거니까. 그날은 뭔가 달랐다. 40분이 지나고, 1시간이 지나도 땀이 나지 않았다. 처음에는 대수롭지 않게 여겼다. 점점 기운이 빠진다. 몸이 평소와 다르다. 어디가 이상이 있을 거란 예감에 기분이 썩 좋지만은 않다.

병원에서 검사받는 동안, 머릿속은 복잡했다. 의사의 소견을 듣고, 그 모든 걱정은 하나의 현실로 대체되었다. 받아들일 수 없었다. 진단서를 들고 대학병원에 갔다. 정밀 검사를 다시 받았다. 내내 위로하면서 기다렸다. 결과를 듣는 순간, 충격이었다. '뇌종양'이라니. 모든 것이 멈춘 듯 고요했다. 의사의 한마디가 나를 송두리째 흔들어버렸다. 머리가 하얘지고, 숨이 가빠졌다. 의사 말을 되뇔 뿐 아무 생각도 나지 않았다. 어떻게 병원을 빠져나왔는지……. 그 후 며칠은 혼란과 공포의 시간이다. 가족들에게, 아이들에게 어떻게 이야기해야 할지. 앞으로 무엇을 해야 할지에 대한 걱정이 끝이 없었다. 얼마 뒤, 마음의 목소리에 나를 맡겼다.

'이건 끝이 아니야. 넌 이것도 이겨낼 수 있어.'

3일만 아프겠다고 선언했다. 남은 삶을 붙잡기 위해 새로운 루틴을 계획한 거다. 아침 눈 뜨면, 길게 숨을 쉰다. 살아있다는 자체가 감사했다. 하루도 빠지지 않고 산책했다. 음식 조절도 했고. 명상 수련도 매일 했다. 매 순간 마음과 대화하며 두려움과 함께 살았다. 몸과 마음의 평화를 찾으려 고군분투했다. 어느 날, 종양이 '점'이 되는 기적이 일어났다. 남편은 복합적인 결과라며 축하해주었다. 함께 애써 준 분들께 문자로 감사 인사를 보냈다. 쉽게 얻은 결과가 아니다. 이전보다 더 강한 사람이 되었다고 확신한다. 그렇다. 나를 시험했지만, 꺾지는 못했다. 삶에 대한 감사와 생명에 대한 경외감을 심어준 거다. 오히려 더 단단한 사람으로 인도했다. 여전히 투병 중이다. 어떤 날은 두통에 압도되어 빌빌거린다. 어떤 날은 불면으로 밤새 잠을 설치기도 한다. 괜찮다. 얼마든지 넘어설 수 있다. 간절하면 이루어진다는 말처럼, 지독한 통증이 누군가를 돕고자 하는 나의 사명을 막을 수는 없으니까.

15일 동안, 변을 보질 못했다. 그렇다고 변비는 아니다. 엄마가 그 사실을 알고는 병원에 가라고 재촉한다. 혹시라도 문제가 있나 의심이 든다며. 몸이 보내는 신호를 무시할 수 없었다. 결국, 진료받기로 했다. 유난히 차가운 병원 복도, 소독약 냄새가 가득하다. 차갑고 딱딱한 검사대에 누웠다. 눈을 뜨자 의사가 말한다. "특별한 문제는 없습니다." 더 답답해졌다.

입원 후에도 상황은 그대로다. 몸이 나를 배신하는 듯. 내가 무엇을 먹고 무엇을 하지 않았는지는 이제 중요하지 않았다. 방 안의 공기는 건조했고, 침대의 매트리스는 지나치게 딱딱했다. 매일 똑같은 시간에 약 먹고, 물 마시고, 다시 누워 있는 루틴. 점점 더 초라해지는 기분에 사로잡혔다. 가족들 모두 돌아가고 난 밤, 병실 불을 끄고 침대에 누웠다. 하얀 천장만이 친구였다. 아무 말도 하지 않았지만, 묘하게 나를 안심시켰다. 갑자기 이런 생각이 든다. '다른 사람들이 하는 일을 통제할 수는 없지만, 내가 어떻게 반응할지는 통제할 수 있다.'

심장이 느리게 뛴다. 문득 지난 일들이 스친다. 내가 먹었던 음식, 내가 했던 선택들, 그리고 내가 붙잡으려고 했던 모든 것들! 이미 다 지나간 것들이다. 그런데 지금, 바꿀 수 없는 과거를 붙들고 씨름하고 있는 내 모습이 떠오른다. 잠깐 놓쳐버린 걸까. 내가 무엇을 선택할지는 나에게 달려 있음을. 눈물이 뺨을 타고 흘러내린다. 어두운 병실 침대 위에 고요히 누운 채, 나 자신과 약속했다. 더는 과거에 매달리지 않겠다고. 내가 선택할 수 있는 것은 앞으로의 발걸음뿐이라고. 그날 밤 선언했다.

'다시 시작하자.'

다음 날 아침, 창문으로 들어오는 햇살이 얼굴에 닿으니 간지럽다. 따뜻하고 부드러운 빛이었다. 여느 때와는 달리 새롭게 다가왔다. 커튼을 걷으니 공기도 신선하다. 삭막했던 병실의 온기조차 따뜻할 만큼. 양치질하며 거울을 보았다. 그 안에 비친 얼굴은 어제의 나였지만, 미묘하게 다르다. 조금 더 단단해진 눈빛이랄까. 앞으로 걸어갈 길이 여전히 고될지도 모른다. 다만 내 선택이, 내 반응이 내일을 만든다는 사실을 기억한다. 이것은 팩트다. 병실에서 '멍'때리던 나를, 새롭게 나아갈 사람으로 바꿔 놓았다. 이제 시작이다. 천천히, 그리고 나답게. 어제는 흘러갔고, 오늘은 내 앞에 있다. 지금 순간을 당당히 마주하자.

시련은 내 몸과 영혼을 위협했다. 그래도 귀한 깨달음을 얻었다.

첫째, 감사는 강력한 '닻'이다. 살면서 수없이 많은 시련과 고통을 만난다. 그런 시기가 올 때마다 작은 기쁨의 순간들을 찾아 감사를 전한다. 그러면 계속 나아갈 힘과 용기를 준다.

둘째, 외부의 폭풍이 아무리 세도 내면의 힘이 더 강하다. 두통에 압도될 때마다 견뎌냈다. 사실 그랬다. 내 안의 강력함이 나를 복원시킨 거다.

셋째, 자존감은 결코 양보할 수 없다. 만약 내 가치를 깎아내리는 상황과 사람들을 마주한다면 과감히 떠난다. 나를 선택하는 건 이기적인 것도 아니고, 실패한 것도 아니다. 나를 존중하는 행동이다.

돌이켜보면, 삶의 경계와 존재 자체의 귀함을 배웠다. 나의 가치와 열정에 부합하는 기회를 선물 받은 거다. 다른 사람들이 만든 폭풍이 내 빛을 흐리게 할 수 없다. 스스로 적응하고, 성장하며, 나를 존재하게 하는 이유인 거다. 용기를 가지고 마주하면 변화하리라 확신한다.

삶은 예측 불가능하다. 때로는 혼란스럽고, 때로는 부당할 때도 있다. 하지만 즐겁고 아름다우며, 복원력도 있다. 시련과 상처는 패배의 흔적이 아니라, 인내와 성장을 상징하는 표식이다. 내가 역경을 이겨낸 결과! 그것은 더 강하고, 더 현명하며, 더 완전한 내가 되는 증거다. 어쩌면 더 자비롭고 두려움 없는 모습일지도 모른다. 단언하건대, 살면서 마주하는 폭풍우는 나를 무너뜨리려는 게 아니다. 내가 알지 못했던 잠재력을 깨우기 위한 거다. 그렇다. '강함은 폭풍을 피하는 데서 오는 게 아니라 빗속에서 춤추는 법을 배우는 데서 온다.' 변화하는 세상의 바람을 견딜 수 있도록 오늘도 나를 단련시킨다. 혼란 속에서도 아름다움을 발견할 수 있게 돕는 선물이니까. 모든 순간에 도전은 배움의 시간이요, 좌절은 나를 더 강하게 장착할 수 있는 초대장이다.

두 번의 암 수술과 그리고…

이향숙

떨림과 긴장감. 나의 키워드입니다. 굳이 누구에게 말하지 않았습니다. 괜한 걱정과 부담을 안겨주는 것 같았지요. 그런 이유였을까요? 말할 생각을 하지 않았습니다. 혼자 생각하고 고민합니다. 몇 날을 이렇게 보내다 보면 자연스럽게 생각이 정리되지요. 고민거리가 해결되기도 하고요. 때론 마음 깊숙한 곳에 숨기거나 묻어두기도 하지만.

초등학교 고학년 즈음입니다. 아랫마을에 1년 선배 가족이 살았어요. 언니 엄마는 우리 집에 자주 들렀습니다. 땔감용 나무를 준비하려고 산에 갈 때, 덩치가 작은 저에게 같이 가자는 거지요. 전 낫과 새끼줄을 챙겨 아주머니를 따라 산에 다녀오곤 했습니다. 나무를 수북이 줍고, 줄로 묶어 등에 올립니다. 괜히 으쓱하고 뿌듯했지요. 내가 한 일이 흐뭇했거든요. 엄마도 칭찬해 주니 기분이 좋았습니다. 아마도 그때쯤부터입니다. 내가 어른이 되면 남을 도울 수 있는 착한 사람이 되어야겠다고 다짐했던 게. 우연히 사회복지사 2급 자격 취득 과정 안내를 보았습니다. 낮에는 직장에 출근했고, 퇴근 후엔 아이들과 이른 저녁을 먹었습니다. 자격을 취득하려면 공부해야 했지요. 용인에 있는 k 대학 평생교육원에 1년을 꼬박 다녔습니다.

2008년 1월, 감기는 아닌데, 침을 삼킬 때마다 목에 가시가 걸린 것처럼 따끔거렸습니다. 혹시나 하는 마음으로 동네병원에 갔습니다. 고개를 갸우뚱 서너 번 하더니 대학병원 가 보라며 소견서를 써 줍니다. 그 순간 '뭐지?' 하는 생각과 동시에 쿵쾅쿵쾅 심장이 빠르게 뛰었습니다. 겁이 났습니다. 별일 아닐 거라고 스스로를 위로하며 대학병원에서 진료를 봤습니다. 혼자 조직검사 결과를 들었습니다. 갑상선 유두암! 수술해야 한다고 했습니다. 꾹꾹 참았던 눈물이 흘러내립니다. '왜? 나한테…….' 분하고 억울했습니다.

"자기야, 수술 잘 되었대!" 남편에게 말했지요. 소리가 나지 않습니다. 순간 가슴이 철렁. 다행히 오래 지속되진 않았지요.

나오지 않던 소리가 쉰 목소리로, 쉰 목소리는 갈라지는 소리로 천천히 회복되었습니다.

퇴원 후, 친정에 갔습니다. 가족들에게 수술 잘 되었으니 걱정하지 말라며 안심을 시켜드렸습니다. 아뿔싸! 약간의 열감과 빨갛게 부종이 생겼습니다. 수술 부위에서 피고름이 나옵니다. 목을 감싸고 있던 스카프를 적시며 흘러내리더니 옷을 적셨습니다. 서둘러 수술했던 병원 응급실로 갔습니다. 다시 봉합하는 시술을 받았지요. 그 수술 상처는 지금도 뚜렷하고 선명합니다.

갑상선 수술 후 2년쯤 되었을까요. 혓바닥에 좁쌀만 한 작은 멍울이 느껴졌습니다. '피곤해서 그러겠지.' 혹시나 하는 마음에 동네병원을 갔지요. 큰 병원에 가 보랍니다. 이전 경험 때문인지 불길한 예감이 들었습니다. 그냥 지나칠 수 없었지요. 몇 가지 검사 후 또 수술입니다. 제거된 종양으로 조직검사 결과 림프암! 전이되었는지 확인하기 위해 골수검사를 했습니다. 불행 중 행운이 찾아온 것일까요. 다행히 전이는 되지 않았지만, 항암치료 받아야 한다고. 그 말을 듣는 순간, 무언가 무거운 것에 짓눌린 듯 숨조차 쉬어지지 않았지요. 겁이 나고 무서웠어요. 하늘도 무심하시지. 칠흑 같은 어둠 속에 있는 듯 앞이 깜깜했습니다. 겁먹은 표정으로 벌벌 떨며 서 있는 신랑. 의사에게 답하는 모습이 넋을 잃은 듯했죠.

나를 키우는 힘

직장을 그만두었습니다. 두 번의 항암치료는 순조롭게 진행되었어요. 세 번째 항암치료 날, 백혈구 수치가 많이 떨어져 항암치료를 받을 수 없었습니다. 면역주사를 맞고 돌아가는 길. 깊은 절망에 빠졌습니다. 다행히도 일주일 후 항암치료를 받을 수 있었지요. 이후 두세 번 같은 두려움과 불안을 경험했죠. 입원하지 않고 낮 병동에서 항암치료를 받았지요. 낮 병동 이용 환자가 많더군요. 그중에서 혈액투석 중인 환자가 눈에 띄었어요. 면역력이 떨어져 면역주사를 여러 차례 맞았습니다. 돌아갈 때마다 '제발 투석만큼은 하지 않게 해 달라'며 간절한 마음으로 빌고 또 빌었습니다. 이름 모를 신이 도왔나 봅니다. 투석하지 않고 항암치료를 받을 수 있어 감사했습니다.

단 한 번의 항암치료. 쉽게 머리카락이 빠질 거라고는 생각조차 하지 못했어요. 치료 시작 전 '머리를 미리 밀어야 하나?' 고민했던 기억조차 없습니다. 머리 감는데 머리카락이 한 움큼 손에 잡혔어요. 빠진 머리카락과 아직 머리에 남아있는 머리카락이 서로 뒤엉켜 있습니다. 마치 거미줄 같았지요. 어찌할 바를 몰라 멍하니 있었습니다. 정신 차리고 린스를 잔뜩 발라 물로 헹구었지요. 빠진 머리카락이 하수구를 막았는지 물이 고였습니다. 슬리퍼 신은 발이 흠뻑 젖었습니다. 한순간에 서글퍼지면서 그 자리에 쭈그려 앉았습니다. 한참을 두려움과 원망 속에 사로잡혔습니다. 시간이 얼마나 흘렀는지, 다리에 쥐가 나서 일어날 수밖에 없었습니다. '그래 이렇게 된 거 내가 뭘 할 수 있겠어? 그냥 잘 참고 잘 견디어 보자. 난 잘 참잖아!' 스스로 마음을 담금질했습니다. 거울 앞에 서서 민머리가 된 모습을 바라보았습니다. 만져도 보았습니다. 까칠까칠이 아닌 끈적끈적합니다. 그리 좋은 느낌은 아니었습니다.

건강해지고 싶은 마음뿐이었죠. 혼자서 산을 오른 적 없습니다. 용기가 어디서 났는지. 집을 나섰습니다. 여름 산속은 제법 시원하더군요. 혼자 가는 산길이라 그런지 조금 무서웠습니다. 청설모가 보입니다. 일부러 인기척을 냈지만, 아랑곳하지 않더군요. 면역력이 약한 나에게 달려들 것 같았습니다. 서둘러 그 자리를 떠났습니다.

머리에 쓴 두건과 옷이 땀으로 젖었습니다. 500m도 안 되는 산 정상까지 올라가는 것은 무리였습니다. 중간쯤 갔을까. 앉아서 물 한 모금 마시려고 고개를 들었습니다. 나무 사이로 뭉게구름이 보입니다. 파란 하늘과 녹음이 짙은 숲이 편안했습니다. 맑은 공기를 듬뿍 마셔볼까. 숨을 깊게 들이쉬었습니다. 날숨으로 몸 안에 있는 암세포를 밖으로 내보냅니다. 몸이 가벼워집니다. 기분 좋은 에너지가 생겼습니다. '매일 여기에 오자! 지금 난 '숲속에 있고 맑은 공기'를 마시고 있지! '숲속공기'라고 부르자!' 별칭도 정했지요. 아픈 사람이 맑은 숲속 공기 마셔 건강해지기를 바라는 마음으로. 가끔은 '숲속공주'가 되어봅니다.

상담센터 운영과 강사 활동으로 바쁜 일상을 보냈습니다. 담낭 절반이 굳어있다는 진단! 벌써 3번째 전신마취입니다. 깨어나지 않으면 어떡하지. 아직 애들 곁에 내가 있어야 하는데. 남편 혼자 애들과 살려면 힘들 텐데. 별별 생각이 다 들었지요. 수술대에 다시 올랐습니다. 제발 나의 몸에 주는 마지막 상처 자국이 되길 바라며. 눈을 떴을 때 병실은 희미했습니다. 무통 주사약이 맞지 않았는지 멀미하듯 매스껍습니다. '살아있구나!'

남들은 한 번도 안 한 수술, 세 번이나 했습니다. 그때마다 원망스러웠지요. 내가 나를 잘 돌보지 않은 것에 후회도 많이 했고요. 소심했던 나였습니다. 이제는 나를 찾고 나를 돌보기로 했습니다. 언제든지 나를 힘들게 하고 아프게 하는 시련이 찾아와도 으라차차 이겨낼 수 있습니다. 제일 먼저 나의 감정을 알아차리고 내가 나를 토닥토닥해줍니다. 꾹 참기보다는 오롯이 안아주며 말해줍니다.

"향숙아! 사랑한다. 잘하고 있어. 정말 멋져!"

나는 운이 좋다! 공고에서 상대로…

조시원

　시골 초가집 안방. 안타까운 눈으로 마당에서 놀고 있는 나를 바라본다. 놀다가 다칠까 불안한 눈으로 보던 아버지는 간경화로 별세하셨다. 가물가물 생각나지 않을 정도로 어렸다. 성장하고 아버지의 사진을 보니 그때 생각에 아른거린다. 다른 아이들처럼 축구하고 썰매 타고 자치기하고 놀 성장기에 아버지 정을 느끼지 못한 채 농사일에 바빴다. 학교는 출석만 하면 졸업장을 줬다. 초등학교 4학년까지 한글도 제대로 읽지 못하는 아이였다.
　아버지의 빈자리를 메우기 위해 어머니 혼자 살림했다. 2천

　　　　　　　　　　　　　　나를 키우는 힘

평 논농사와 천 평의 밭농사를 하면서 어린 5형제 뒷바라지를 했다. 새벽에 눈 뜨기 전, 내 얼굴을 쓰다듬으면서 "눈도 코도 입도 이쁜 내 새끼" 하면서 볼에 입맞춤하고 나가셨다. 어머니의 사랑을 받는 유일한 시간이다. 학교에서 어떻게 공부하는지 친구들과의 관계는 어떤지 신경 쓸 여력이 없었을 것이다. 그렇다고 형들이 돌볼 처지도 아니었고, 지켜줄 수 없었다. 성장기 본인들의 앞가림도 힘들었을 테니 말이다. 나는 엄마만 졸졸 따라다녔다. 지금 생각하면 엄마가 얼마나 힘들었을까 짐작이 간다. 4살 때 밥상이 차려지면 좋아 뛰다가 찌개 위로 넘어져 화상을 크게 입었다. 그 흉터가 지금도 등에 남아있다. 들꽃과도 같은 초년의 삶이었다.

어머니의 힘든 상황을 본 때문일까 어려서 일찍 철들어 농사일을 도왔다. 5학년 때 주산 1년간 열심히 배워 주산대회에서 2등의 생애 첫 수상이 지금까지 공부에 자신감 갖는 계기가 되었다.

대학교는 꿈도 꾸지 못했다. 박정희 대통령 시절, 산업의 역군 국립 시범공업고등학교를 운 좋게 합격했다. 가난한 살림의 보탬이 되었고 교통비만 있으면 다닐 수 있었다. 그렇지만 공고생들의 기본이 무술을 배우는 것이었고 기회 있을 때마다 실력을 보여주는 시기였다. 아마 사춘기 때다. 친구들과의 자취 생활에서 처음 소주와 콜라를 섞어 마시고 토하기도, 디스

코장, 기차 무전여행, 하루 150~200km 달리는 하이킹 등 공부하고는 담쌓고 노는 데 집중했다. 2학년 초까지 가지 말아야 할 길을 갔다. 이후 정신 차리면서 운 좋게 국가기능사 자격증 5개를 취득, 3학년 2학기에 자격증 덕분에 운이 좋은 대졸 초임 급여를 받으며 취업까지 하게 됐다.

호사다마라 했던가! 아침에 일어나면 피로회복이 안 되었고 눈까지 노래지는 황달현상이 많았다. 급기야 병원을 찾았다. 자취할 때 부실한 먹거리와 과로 등의 몸 관리를 못 한 탓이다. 급성간염과 스트레스로 인한 갑상선저하라는 처음 들어보는 병이었다. 청량리 성모병원에 입원했다. 다행히 급성이라 1달 만에 정상 수치 판정으로 퇴원했고, 이를 계기로 항상 건강에 신경 쓰는 전화위복이 되었다. 자격증 덕분에 곧바로 복직할 수 있었다. 저녁과 주말에는 신설동 국가기능사 자격증 학원에서 보조강사까지 하며 돈을 벌 수 있었지만 뭔가 부족함을 느낄 때쯤 학원 형으로부터 전화가 왔다. 일요일 서울대 입구에서 식사하자고 했다. 점심을 먹으며 대학 입학공부를 같이 해보자는 제안이었다. 머뭇거렸다. 식사를 마치고 소화도 시킬 겸 서울대 캠퍼스 걸으며 우리도 대학 캠퍼스를 밟아봐야 하지 않겠냐고 설득했다. 잔디밭에 앉아 성장을 위해 도전하기로 의기투합했다. 쇠뿔도 단김에 빼라는 말처럼 바로 동대문 제기동 대입 단과학원 등록까지 일사천리로 진행했다. 학원 옆 독서실에서 자면서 1년을 준비하여 3분의 2가 장학금을 받는 서울산업대(지금 서울시립대학교) 경영학과에 입학하는 천운의 영광을 얻었다. 자격증 덕분에 생활비와 등록금은 해결되었다. 등록금이 아마도 30여 만원 정도였던 것으로 기억한다. 그때 사립대의 반값이었기 때문에 누구의 도움 없이 해결할 수 있었다. 그러나 기로에 섰다. 돈을 벌면서 학교 졸업장만 받을 건지, 힘들어도 공부에 집중하여 장학금을 받을 건지……. 어린 나이에 후자를 선택했다. 지금 생각해도 미래지향적인 지혜로운 선택에 박수치고 싶다.

입학이 다가 아니었다. 교양과목부터 전공과목 모든 면에서 부족한 나로서는 졸업이나 할지 막막했다. 다른 친구들처럼 마냥 대학 신입 생활을 즐길 수 없었다. 일단 입학했으니 기본적인 지식이 있어야 컨닝이라도 해서 졸업할 수 있겠다는 생각이었다. 부기 부자도 몰라 상고생들과 함께 부기학원에 다녔다. 공고생들의 가장 취약한 과목이 영어였기에 학원을 다니며 기초부터 다시 다졌다. 문제는 생활비와 학비였다. 1학년 1학기에 결국 불명예스런 F학점까지 받는 수모를 겪었다. 장학금은 어불성설이었다. 다른 친구들은 테니스 당구 축구 농구 취미 생활과 대모도 하고, 서클 가입해서 활동했지만 나는 그럴 여력이 없었다. 어떻게든 장학금 받고 졸업해야 했기에 주경야독의 생활을 이어갔다. 모든 것이 힘이 들었다. 피난처가 필요했다. 결국, 시간을 벌기로 마음먹고 국방의 의무를 선택하고 휴학했다. 3년의 군 생활 동안에도 자격증 수당을 받으며 저축을 하였고 부족한 과목을 준비하여 복학했지만 내 세상사 마음대로 되지 않았다. 혼자 계신 노모의 낙상으로 골반이 부러지는 중한 상태까지 왔다. 다시 휴학할 수밖에 없었다. 누군가 직접 병간호가 필요했기 때문이다. 생활도 힘든 상황이었다.

궁즉통이라 했던가. 우리나라는 성장기였고, 국가 자격증이 부족한 시대였다. 자격증을 걸어놓고 일주일에 한 번 필요할 때만 출근하면 월급이 나오는 특혜를 받는 대졸초임 조건으로 취업이 되었다. 어머님 건강도 좋아지고 다시 복학했다. '하하하. 모든 것이 나를 위해 풀리는구나.' 졸업 때쯤 행복한 고민을 했다.

서울시 7급 무시험 특채, 잘나가는 제약회사, 그리고 S그룹 공채까지 합격했다. 선택해야 하는 행복한 기로에 섰다. 지금 생각하면 무조건 서울시 7급을 선택했을 것이다. 80년대 후반 그때 공무원은 선호도가 낮았다. 누구나 주식으로 돈을 벌 수 있다는 시대였다. 언론사 증권사가 선망의 대상이었다. 그 선망의 대상을 못 들어갈 바에 가장 급여가 많은 대기업을 최종 선택했다. 기업의 꼭 필요한 사람이 되고자 성실하게 열심히 일하여 좋은 보직으로 승승장구하며 결혼도 하고 난생처음 아파트 분양까지 받았다. 기쁨은 이루 말할 수 없었다. 그 기쁨도 잠시.

큰아들이 돌도 되기 전 천식으로 얼굴이 파래질 정도의 중한 상태가 된 거다. 아들을 살리기 위해 이 병원 저 병원 다니면서 안 해본 것이 없다. 살릴 수 있다면 무엇이든 하겠다는 간절한 마음이었다. 서울 모 병원 의사가 선택하라고 했다. 살아도 장애가 있을 수 있다는 것을……. 하늘은 절실한 기도를 들어주었다. 서울대병원에서 1년간 산소호흡기를 달았지만, 위기를 넘길 수 있었다. 천식약 부작용이 성장에 장애가 있다는 사실을 알았지만, 살아있음에 감사했다. 성장호르몬을 맞기 위해 매월 100만 원이 넘는 돈이 들었다. 그래서 사업을 준비했는지도 모른다. 돌이켜보니 30년이 지났다.

"나는 운이 좋다! 나는 건강하다! 나는 부자다! 나는 행복하다!"

매일 아침 일어나자마자 외친다. 『The Secret』[1]의 '끌어당김의 법칙(The Law of Attraction)'을 나는 믿는다. 성찰의 힘, 감사함의 중요성, 시각화의 확신, 행동의 역할을 생각하며 오늘도 외쳐본다, 나는 작가도 될 수 있다.

---

[1] 론다 번, The Secret, 번역 김우열, 살림Biz, 2007

시련 속에서 찾은 선물

조숙희

"아닐 거야, 내 몸이 이럴 리가 없어. 오진이야."

마른하늘에 날벼락이 친 듯 세상이 흔들렸다. 비로소 알았
다. 평소에 빈번히 지속되던 기침과 육아로 인한 피로감이 경
고음이었다. 나를 돌볼 줄 몰랐다. 아니 돌보지 않았다. 누구나
다 이러고 산다며 견뎌야 한다고 생각했다. 암세포들이 고백하
듯 얼굴을 드러낸 순간이었다. 두려움이 덮쳐왔다.

진료실 안 등받이 없는 둥근 의자에 앉아 모니터를 바라본
다. 맑은 편 흰 가운을 입은 의사는 마우스를 움직여 모니터에
초음파 사진을 띄운다. 조직 검사 결과지를 내민 그 순간 모니

터 속 환자명이 내가 아니길 바랐다. 오진이길 바랐다. 나비 모양의 갑상선을 그려낸다. 측정된 크기와 위치에 대한 설명을 듣는다. "크기는 0.8mm 식도 옆에 위치해 수술이 꼭 필요합니다."

해가 뜨지 않은 시각이다. 아침을 여는 잔잔한 피아노 연주곡이 스피커로 흘러나온다. 지난 저녁 미뤄둔 식기들을 세척기에 헹궈 넣고 노트북을 켠다. 그때의 소독약 냄새, 세침흡인검사(FNA) 검사, 진실의 미간을 그린 의사의 표정들이 또렷하게 떠오른다. 어둠과 밝음도 아닌 박명에 빠져들었다. 현실에 '나'라는 존재를 부정하고 싶었다. 슬픈 얼굴을 지워 내고자 했다. 애써 괜찮은 척하며 마음속으로 되뇌었다. 선물 같은 인생으로 받아들이자. 그래! 새로운 인생 시작이다.

'암'이란 단어로 시작하는 새로운 인생 그래프를 그려 보기로 한다. 나 자신을 되돌아볼 기회가 된 것이다. 펼치고자 했던 밝은 세상을 짓밟힌 것이 아닌, 허영 된 삶을 도려낼 기회라고 생각했다.

긍정적으로 수용하고 인정하며 내딛는 첫걸음의 시작은 내면 힘을 찾는 여정이었다. 이런 시간이 없었다면 진정한 내면 아이와 마주하지 못했을 것이다. 그럼에도 불구하고 강한 사람이다.

일상에 의미를 부여하여 바라보게 되었다. 무심히 지나쳤던 많은 것들이 의미가 있었다. 평범한 하루가 얼마나 소중한지를 깨닫게 된 것이다. 회복 과정에서 힘들었던 날들을 뒤돌아보게 되었다. 부정적 감정에 갇히기보다는, 이 경험이 나를 더 강하게 만든 계기가 된 것이다. 일상이 주는 매 순간의 감사와 축복을 잃지 않으려 한다. 무질서한 감정들 속에서 헤엄치던 과거를 정리하게 된다. 그 누구보다 나를 더 많이 사랑할 줄 아는 사람이 되어가고 있다. 아마도 나를 키우기 위한 맞춤형 시련이었는지도 모르겠다. 인생의 한 페이지에는 놀이하듯 사는 즐거움과 자기 통제력이 조화를 이룬 시간이다. 진정한 나의 모습을 찾아가는 여정은 아름답게 이어가고 있다. 모든 판단을 배제하고 나를 견고히 만들어가는 여정이 감사할 따름이다.

수술 후 6개월이 지났다. 병원 대기실 한편의 책장에서 우연히 책을 꺼내 들었다. 내 안에 씨앗이 싹을 틔우는 순간이었다. '회복력은 외부에서 찾는 것이 아닌 내가 만드는 것이다.' 강한 나를 발견한다. 그 어떤 시련이 온다 해도 이겨낼 자신이 생긴 것이다. 앞으로 더욱 강한 내가 될 것이라 확신한다.

암 수술 후 요가 수업으로 재능 기부 생각을 가졌다.

암을 이길 때까지 '요가와 동적 명상만이 나라는 존재에 대한 수용과 인정을 상징할 것이다.'라고 생각한다. 매일 동적 명상을 시도하고 나서야 알게 되었다. 그간 두려움에 감춰 뒀던 보조개를 만난다. 천사의 미소를 가진 '나'라는 사실에 으쓱해진다. 오른팔을 내밀어 혈액 검사를 서둘러 받는다. 빠르게 검사 결과를 들을 수 있게 도와달라고 부탁했다. 혈액 채취 후 호르몬 수치 결과를 듣는데 두 시간 정도 소요된다. 집으로 돌아갈 비행기 시간은 고작 세 시간뿐이다.

"2주 후 요가 수련이 가능할까요?"
"고개 들어 상하좌우 돌려 보세요. 하실 수 있겠다면 하셔도 됩니다."
의사의 말을 들었을 때, 미소가 터져 나왔다. 집으로 가는 비행기 이륙 직전 잊지 않으려고 전화기를 꺼내 들었다. 요가 도반에게 '내일부터 수련하러 갈게요.'라고 메시지를 남겼다. 날아오르는 비행기가 나의 모습인 듯 날아오른다.

힘든 시간은 결국 나를 더 강하게 만들었다. 고통스럽고 힘들었다. 그 과정을 통해 내면의 아름다움을 발견할 기회를 찾았다. 진정한 나를 마주할 수 있었다. 시련 속에서도 웃음과 미소를 잃지 않으려 노력했다. 나 자신을 수용하고 인정하는 과정을 거쳤다. 그 과정은 폭풍우 속에서 춤추는 법을 배우는 것과 같았다. 인생은 선택의 연속이다. 그 순간들을 소중히 여기며 살아가고 있다.

누구나 각자의 방식으로 아픔과 불행을 겪으며 성장한다. 모든 경험은 지혜를 쌓아가며, 내 안의 보석을 하나씩 채워간다. 시련은 때로는 고통과 절망으로 가득 차 보인다. 돌아보면 그것이야말로 내면의 강한 힘을 길러줬었다. 생각을 깨우는 소중한 기회이다.

진정한 회복은 외부의 인정에서 오는 것이 아니다. 스스로의 인식에서 시작된다. 인생의 가장 어두운 순간에도 예상치 못한 빛이 스며든다. 나를 한 단계 더 나은 사람으로 변화시킨다는 사실을 기억해야 한다. 시련을 받아들이고 내면을 깊이 들여다본다. 내가 원하는 모습으로 성장할 수 있다. 결국, 이 모든 시간은 나에게 축복과 기쁨이다.

시련의 바다를 건너다

황경애

"놀라지 말고 들어 아버님께서 새벽에 돌아가셨대."

한 번도 울린 적 없던 집 전화기에서 신호음이 울렸다. 수화기 너머 남편의 소리였다. 무슨 소리인지 재차 묻기를 반복했다. 믿을 수가 없었다. 온몸이 찢기는 듯한 고통에 방바닥을 뒹굴며 울분을 토해냈다. 힘겹게 몸부림치며 울어야 했던 그 시간을 잊을 수가 없다.

그때부터였던 것 같다. 2012년 2월, 아버지께서 세상을 떠나신 이후 내 삶의 고통스러운 순간은 계속해서 나를 덮쳤다.

2014년 겨울, 차량이 전복되는 큰 사고를 당했다. 차는 폐차할 정도로 심하게 부서졌다. 그럼에도 뇌진탕과 뼈에 금이 가는 정도의 부상뿐이었다. 사람들은 '천만다행'이라며 위로했지만 무섭고 두려운 순간이었다. 안정을 찾아가던 이듬해인 2015년 5월, 남편의 교통사고! 응급실에서의 모습이 마지막이었다. 기도는 허공에 흩어진 메아리처럼 아무런 응답 없이 사라진 것이다. 남은 것은 분노와 절망뿐이었다. 남편과 나의 운명이 뒤바뀐 신의 장난인가? 왜 나에게 이런 일이 생긴 걸까? 나를 시험이라도 하듯 내 모든 걸 앗아가 버렸다. 죽고 싶을 만큼 힘겨웠다. 살아서 숨을 쉬는 것조차도 고통스러웠다. 가슴을 도려내는 듯한 비통하고 처절한 절망은 나를 완전히 무너뜨릴 만큼 큰 충격이었다. 그러나 내가 살아야 하는 단 하나의 이유! 아이들이었다. 쓰러질 수 없었다. 아이들은 내 삶의 생명수였고 빛이었으며 희망이었다. 아이들의 행복을 위해 그리고 그들이 어두운 그림자 속에 갇히지 않도록 일어서야만 했다. 아이들이 내가 살아야 할 이유였다.

매일 숨죽여 눈물로 보낸 날들이 얼마 동안인지 헤아릴 수도 없다. 방바닥에 누워 일어날 힘조차 없이 보낸 시간은 나를 옥죄는 또 다른 나와의 고독한 사투였다. 그럼에도 아이들을 학교에 보내야 했고 먹여야 했기에 일어서야만 했다. 간신히 힘을 내어 몸을 일으켰다. 언제까지고 나약하게 있을 수는 없었

나를 키우는 힘

다. 스스로 다그치며 일어서기 위해 몸부림쳤다.

'경애야, 지금 뭐 하는 거야? 정신 차려!' 아이들을 떠올리며 매일 같이 나에게 소리쳤다. 하루하루 이렇게 버텨내고 있었다. '경애야! 힘내! 이보다 더한 고통은 없어! 이걸 이겨내야만 해! 반드시 좋은 일들이 기다리고 있을 거야!'라고 외치며 애쓰는 일상이었다. 시간이 지나고 돌아보니 그때 내가 그렇게라도 할 수 있었던 힘은 오직 아이들이었다. 지금도 매일 아침 거울을 보며 나 자신에게 말을 건다. '경애야 힘내! 아이들이 지켜보고 있잖아! 너만을 믿고 있는 아이들을 생각해! 오늘도 힘내자! 아자! 아자!' 누군가는 유치하다 생각할지도 모른다. 그러나 거울 속 나와 마주하며 나를 향해 외치던 시간은 내 삶의 고통을 견디고 극복할 수 있게 해준 단단한 버팀목이었다. 작은 다짐들이 내 삶에 큰 영향을 준 것이다.

힘겨움에서 벗어나고자 몸부림치며 살았던 지난 10년, 나에게 휴식을 허락하지 않았다. 1분 1초 잠깐의 여유조차도 나에게는 힘든 시간이었다. 그래서 더욱 바쁜 일상을 이어갔다. 주위 사람들에게 나는 잘 지내고 있다고 보여주려 애썼다. 거기에는 시댁 친척들도 포함되었다. 우리 가족의 문중 일까지 힘겨움을 더해주고 싶지 않은 마음에 직접 예초기를 들고 일을 할 때도 있었다. 그런 내 모습은 친척들 마음에 다가갔고 진심을 알아봐 주셨다. 지금은 여장부라 부르시며 따뜻한 마음을 전해주신다. 어떤 관계에서든 진심을 전하는 일은 어려운 일이다. 그럼에도 이런 부분을 삶의 중요한 부분으로 생각하며 살았다. 물론, 진심 담긴 마음만으로 모든 관계가 좋은 방향으로 흘러가는 것은 아니다. 때로는 그런 마음에 상처를 내는 이도 만나게 되고, 배신감에 무너지는 순간도 있다. 하지만 그런 경험조차도 결국 나를 성장시킨 배움의 시간이 되었다. 그렇게 다양한 관계를 지나오며 소중한 인연들도 만나게 되었고, 이제는 가족보다 더 깊은 유대감을 나누며 서로에게 위로와 힘이 되어 주고 있다.

　힘겨운 시간을 지나오며 잠을 자야 하는 시간은 가장 힘든 시간이다. 뜬눈으로 밤을 지새우는 일이 일상이 되었다. 새로운 아침을 맞이했다는 사실만이 감사할 뿐이었다. 다만 그런 생활이 오래될수록 내 몸은 문제가 생겼고 병원의 도움을 받아야 하는 상황에 놓였다. 아이들을 돌봐야 했기에 입원은 생각할 수 없었다. 아픈 몸을 이끌고 병원 문을 나서면서도 오로지 아이들 생각뿐이었다. 그렇게 집으로 돌아와 몸을 추스르며 쉬고 있을 때, 친구들이 찾아와 안부를 물었다. 아이들 친구의 부모들까지 찾아와 따뜻한 위로를 건넸다. 그들의 마음이 참으로 고마웠다. 학교에서 있었던 이야기를 들려주며 내 아이들을 세심하게 챙겨주었다는 사실도 알게 되었다. 감사한 시간을 보내며 오랜만에 희망의 빛을 마주했고, 그 순간 미소를 짓고 있는 나를 알아차릴 수 있었다. 그리고 문득 깨달았다. 만약 그들이 없었다면, 나는 지금 어디에 있을까?

내가 걸어온 길은 캄캄하고 험난했지만, 그 위에 비친 한 줄기 작은 빛이 나를 일어서게 한 희망이 되었다. 단 한 사람의 빛일지라도, 그것은 내 길을 밝히기에 충분했다. 나는 참으로 행복한 사람이다. 따뜻한 많은 이들의 손길이 내 곁에 있었고, 그들의 사랑과 관심 속에서 다시 일어설 수 있었으니 말이다. 그 감사한 마음을 되새기며 다시 힘을 냈다. 오늘도 아이들을 위해, 그리고 고마운 분들을 위해 한 걸음 한 걸음 나아간다.

데일 카네기는 "진정한 관계는 서로의 마음을 이해하고 돕는 것에서 비롯된다."라고 했다. 서로 돕고 위로하며 힘이 되어 주는 시간이야말로 행복을 향해 가는 중요한 과정이며 그 과정에서 우리는 비로소 온전한 존재로 성장해 간다. 지난 시간의 고통과 절망은 내게 새로운 삶을 열게 해주었다. 더욱 단단한 사람이 되게 했고 도전을 두려워하지 않는 용기를 갖게 했다. 무엇보다 내가 원하는 삶을 살아가기 위한 지혜가 이미 내 안에 있다는 사실을 깨닫게 된 시간이었다. "고통은 우리를 더 강하게 만드는 가장 신비로운 선물이다." 이 말은 아마도 나 같은 사람을 위해 존재하는 것은 아닐까. 결국, 고통은 희망을 찾는 길을 열어주었고 삶을 이해하는 새로운 관점을 선물해 준 것이다.

삶은 때때로 예기치 않은 이별과 시련을 통해 우리를 시험한다. 그러나 그 순간에 어떤 선택을 하느냐가 미래를 결정짓는다. 절망 속에서도 희망을 품고 하루하루를 살아내는 힘! 주변 사람과의 관계에서 얻는 위로! 그리고 새로운 목표를 향한 열정이야말로 삶을 이겨내는 방법이다. 결국, 내가 가진 가장 큰 선물은 삶을 다시 일으킬 수 있는 내면의 힘과 함께 걸어 주는 사람들이다. 고통은 지나가고 나는 그만큼 더 강해졌다. 이런 경험이야말로 삶이 나에게 준 신비롭고 값진 선물이 아닐까.

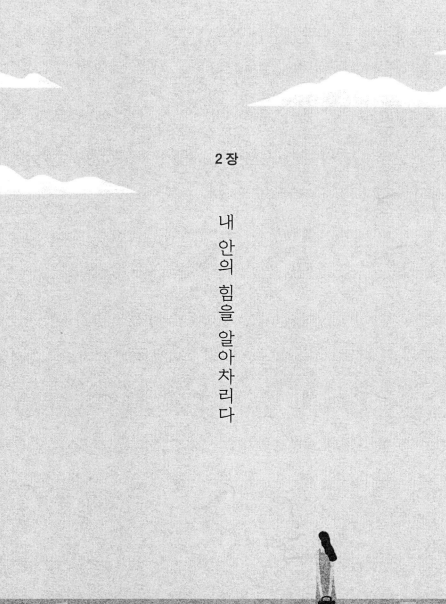

2장

내
안
의
힘
을
알
아
차
리
다

성찰의 힘

강숙아

외부의 인정이나 도움을 기다리기보다 자신 내부의 힘을 믿고 문제를 적극적으로 해결하는 게 중요하다. 사람들은 종종 외부로부터의 인정과 칭찬을 통해 자신의 가치를 확인하려 한다. 그러나 진정한 강함과 행복은 내면에서 비롯된다. 내면의 힘을 발견하고, 그 힘을 통해 어려움을 극복하는 과정에서 더 강해지고, 더 나은 자신을 만들어간다.

매주 목요일 오전, 기타동아리 연습이 있다. 전화벨 소리가 들렸다. 연습 중이라 전화를 받지 않았다. 연습 끝나서 통화했다. 지나가던 행인이 학원 앞 배너에 발이 걸려 넘어졌다고 말했다. '남의 일에 관심이 많으니 그러나 보다.' 하고 아무렇지도 않게 생각했다. 그 후 가게 앞을 지날 때마다 등 뒤에서 뭔가 '싸'한 느낌이 들었다.

"주차장에 세워둔 차가 긁혔어요!"

눈을 부릅뜨면서 큰 소리로 말했다. 영문을 몰랐다. 5층 건물이라 사람들이 많이 다니고 주차장이 협소해 불편함을 서로 느끼고 있었다. 평소 남의 일에 별 관심이 없었다. 왜 나랑 상관없는 이야기를 하지? 학원 차 기사님에게 물었더니 모른다고 했다. 그러고는 몇 달이 지났다. 사복 입은 경찰관이 학원 안으로 들어왔다. 신분증을 내보였다. '순찰 중이겠지!' 내가 운영하는 학원은 '아동 지킴이 집'이다. 경찰관들이 수시로 드나든다. 그날은 한참 동안 입구에 서 있었다. 핸드폰을 꺼내 화면 영상을 보여준다. CCTV 화면에 보이는 사람이 여기 직원이 맞냐는 것이다. 그렇다고 했다. 세워둔 차를 자동차 키로 긁었다며 신고를 했다는 것이다. 보이는 관점에 따라 애매하게 보였다. 별로 신경을 쓰지 않고 있었다. 그 후 몇 달이 지났다. 법원에서 등기우편이 왔다. 피해자가 고소한 것이다. 기사님과 신고한 자 모두 출석하라는 내용이었다.

기사님에게 재차 물었더니 긁지 않았다고 했다. 아니 땐 굴뚝에 연기가 나지 않는다. 법원에서 20만 원으로 합의를 보라고 했다. 서로가 거절했다. 그 후 1달이 지났다. 벌금 통지서가 날아왔다. 가해자가 되었고, 벌금 50만 원을 내는 상황. 그 후 서로 관계는 극에 달했다. 가게 앞을 지나갈 때면 직원들에게까지 욕을 한다. 심지어 학생들을 데리고 지나갈 때도 입에 담지 못할 심한 말들을 한다는 이야기가 귀에 들렸다. 스트레스 받았나 보다. 가끔은 꿈에까지 나타나 괴롭혔다. 법원에 진정서를 냈다. 그래도 소용이 없었다.

끙끙 앓았다. 아침마다 모닝 일기장에 욕을 퍼부었다. 마음만 더 상처를 입었다. 1년 6개월 동안 악몽이었다. 출근할 때나 그 앞을 지날 때마다 고통스러웠다. 내면의 소리를 듣기 시작했다. 이 정도쯤은 아무 일도 아니라고. 하얀 백지에다 '용서하자.'라는 말을 백지 가득 써 내려갔다. 비록, 직접 잘못은 하지 않았지만, 운영자로서 직원 관리를 잘하지 못했음을 인정하기 시작했다. 그리고 학원 이미지도 고려해야 했다. 모든 건 내 안에 답이 있다고 생각했다.

"안녕하세요. 3층입니다." "누구세요?"
퉁명스럽게 답하는 할머니. 한참을 설득하고, 근처에서 만났다. 할머니의 이야기를 들어주었다. 다 듣고 난 후, 운영자인 내가 모든 책임을 질 테니 이웃끼리 얼굴 붉히지 말자고 했다. 원하는 게 있으면 말씀하라고까지 하면서. 기다렸다는 듯 돈을 요구했다. 그러면서 딸과 의논해 보겠다고 했다. 할머니의 딸은 동네에서도 악당으로 소문이 나 있다. 예상대로 30만 원을 요구했다. '돈이 그렇게 중요한 것인가?' 바로 입금해 줬다. 마음이 후련했다. 예전처럼 잘 지내자고 말하면서 악수까지 했다. 인상만 쓰고 다녔던 1년 6개월. 이제는 그녀들과 웃는 얼굴로 인사한다.

"갈치 갖다 드세요!"

할머니 전화였다. 1층으로 내려가 봤다. 검정 봉지가 바스락거린다. 금방 낚시하고 왔다며 하얀 은갈치를 건넨다. "맛있게 드세요."라는 말까지 하면서.

오랜 갈등이었다. 돌이켜보면, 내면의 힘으로 문제를 해결했다. 끊임없는 대립 속에서 모닝 일기를 쓰고 성찰하며 내면의 소리에 귀를 기울였다. 먼저 다가가 해결의 실마리를 찾은 것이다.

불편한 마음 대신 서로에 대한 배려와 이해가 자리를 잡았다. 얼굴을 마주치면 자연스럽게 인사 나누고, 소소한 일상을 공유한다. 예전처럼 맛있는 음식을 나눠 먹기도 한다. 우리의 관계는 다시 평온을 찾았고, 주변 사람들도 변화를 눈치챘다. 내 안에 있던 짐들이 풀린 것 같다. 내면의 힘을 믿고 문제를 해결하려 했던 선택이 옳았다. 갈등 속에서도 용기와 결단력을 가지고 다가서는 것이 얼마나 중요한지를 알게 되었다. 어려움을 극복하고 나니, 출근하는 발걸음이 가벼워졌다. 내면의 힘을 믿고 다가가는 용기가 결국에는 서로에게 평화를 가져다준 것이다.

　과거의 갈등을 뒤로하고, 내면의 힘을 믿고 나아가려 한다. 이 경험은 학원경영에도 긍정적인 영향을 미쳤다. 학생들과 부모님들은 더 이상 불편을 겪지 않게 되었다. 학원의 이미지도 더욱 좋아졌다. 이웃과 좋은 관계를 유지하게 되어 서로 도울 수 있는 사이가 되었다. 이러한 변화들은 모두 먼저 다가가서 문제를 해결했기 때문에 가능했다.

　다양한 문제를 해결하는 능력은 개인의 성장뿐만 아니라 주변 환경에도 긍정적인 영향을 미친다. 외부의 인정이나 도움을 기다리기보다, 내부의 힘을 믿고 먼저 다가가는 것이 중요하다. 용기를 내어 다가갔을 때, 문제는 생각보다 쉽게 해결될 수 있다. 이러한 경험은 자신감을 주고, 앞으로의 어려움도 내면의 힘으로 극복할 수 있다는 믿음이 생긴다.

　"좋은 관계를 유지하게 하고 싶다면, 긍정적인 생각이 중요하다."

심리 치유와 만나다

박하

     5년 전 동네의 작은 책방에 들어섰다. 책방 나들이는 일상의 루틴이 되었다. 책을 보던 중 보석 같은 글자가 눈에 띄었다. '이게 뭐지?' 하는 생각에 몰두했다. 단숨에 알아보았다. 우주 힘이 끌어당기는 듯한 마법의 순간이었다. 책방지기 설명을 듣자마자 다음날부터 참여하겠다고 약속했다.

     '그림책 심리 치유 지도사' 과정. 2급, 1급, 심화 실전 반으로 이루어져 있었다. 그토록 찾아 헤매던 일을 찾은 기쁨이란 보물찾기한 기분이었다. 책방지기가 알려준 내용을 꼼꼼히 살펴

보았다. 강의료가 목돈이긴 했지만 간절함을 막을 수 없었다. 차근차근 1년 남짓 과정을 공부했다. 수료 후 심리 치유와 관련된 자격증들을 취득했다. 가슴 뛰는 순간이었다. 감사한 일은 각 지역의 출중한 동기 선생님들을 만난 것이다. 대표적인 보석들만 뽑아 놓은 훌륭한 분들이었다. 이렇게 그림책 심리 치유가 찾아왔다.

요일별로 그림책 공부하는 시간엔 다른 어떤 일정도 잡지 않았다. 정해놓은 요일에 빠지지 않고 참여했다. 바깥 활동은 뒤로한 채 깊이 몰두했다. 사뭇 진지하고 열정적이었다. 누가 알아주기보다 자발적인 동기로 해낼 수 있었다. 한 그루 나무가 물을 빨아들이듯, 온 힘을 다해 햇볕을 끌어모았다. 그렇게 단단하고 강인한 나로 만들어갔다. '나 하나 바로 서야 한다.'라는 교수님의 가르침을 실천하는 시간이 무르익어 갔다.

서울, 광주를 오가며 각종 세미나와 워크숍, 학술 발표대회에 참가했다. 배움이 있는 곳이라면 어디든 달려갔다. 심지어 동기 선생님들과의 정기 총회에도 빠지지 않고 참여했다. 한번은 독감으로 도저히 불가능한 몸 상태로 비행기에 올랐다. 일정을 진행해 나가던 중에 아파서 견딜 수조차 없었다. 결국, 병원으로 실려 갔다. 낯선 곳에서 링거를 맞아가며 죽을 고비를 넘긴 적도 있었다. 동기 선생님들이 혀를 내둘렀다. 한순간도 후회해 본 적이 없다. 끌어당김의 법칙이란 이런 것이 아닌가 싶다. 내면에서 우러나오는 일이라 가능했다. 누가 강압적으로 시켰다면 아프다는 핑계로 포기했을 것이다.

타인이 나를 어떻게 바라보느냐가 아니라 자신을 깊이 있게 들여다볼 수 있는 시간이었다. 그림책이라는 매개가 이토록 강력한 힘이 있다는 걸 미처 알지 못했다. 매력 속에 풍덩 빠져들었다. 그림책의 세계란 무한대였다. 알면 알수록 무궁무진한 놀라움이 가득했다. 이때부터 인생의 변곡점이 되었다. 심리 치유 지도사가 되지 않았다면 무얼 했을까 싶을 정도로 행복했다. 하루하루 신바람 나고 즐거움의 연속이었다. 깊은 울림을 주는 그림책 속 삶에서 진실을 배워 나갔다. 뿜어져 나오는 긍정의 에너지는 삶의 원동력이 되어 주었다.

여러 학교에서의 집단 상담, 개인 상담이 잡히면서 내 안의 거인이 깨어났다. "저는 그림책 심리 치유 지도사입니다."라고 소개한다. 마치 명예의 전당에 오른 영웅처럼 날아오를 것만 같다. 교육 현장에서 다양한 주제로 아이들을 만나며 천직이란 걸 깨달았다. 남이 해주는 평가나 칭찬이 아니라 나를 인정해 주는 소중한 순간이다. 심리 치유를 공부하면서 '내면 아이를 안아주고 격려해주니 자신을 먼저 치유하게 되었다.' 이 말은 동료 선생님들도 자주 하는 말이다.

한때, 오랜 학원 강사 생활과 개인 과외를 하면서 지쳐가고

나를 키우는 힘

있었다. 평가의 연속인 사교육 삶에 염증이 생겼다. 내가 가진 가치나 능력을 누군가의 잣대로 좌우되는 것이 못마땅했다. 그러던 중 그림책을 읽었다. '진정으로 바라는 삶은 남의 평가가 아니라 나를 믿고 사랑하는 마음이구나.' 그 순간부터 남들이 어떻게 보느냐는 중요하지 않았다. 내가 얼마나 노력하고 있는지, 그런 과정에서 어떻게 성장해 나갈 것인가가 중요했다. 나 자신에게 솔직해질 수 있었다. 나를 믿고 꿋꿋하게 해 나간다면 최선을 다했다고 말할 수 있기 때문이다.

단단해진 내면의 자아가 말을 걸어온다. '외부의 인정은 내 행복의 필요조건이 아니다. 진정한 가치는 나를 어떻게 대하느냐에 달려 있다.'라고. 깨달은 이후, 더는 외부의 평가에 흔들리지 않는다. 묵묵히 심리 치유의 길을 걸어가고 있다. 자신을 치유하는 것부터 시작이다. 있는 그대로의 나를 받아들이고 인정할 때 비로소 진정한 힘이 생긴다. 회복력은 내 안에 있다는 것을 믿고 있으니까.

아이들과 25년이 넘는 시간을 보냈다. 정서적인 안정과 심리적인 평정심이 중요하다. 그래야 무엇이든 잘할 수 있다. 그림책이 그 역할을 톡톡히 해주었다. 지친 삶의 회복 탄력성이 찾아온 것이다. 심리적인 강인함을 키울 수 있었다. 자칫 스트레스로 견뎌 내기 힘든 시간이었지만, 다시 일어서게 해준 것이다. "삶이 나를 넘어뜨릴지라도, 다시 일어서게 하는 힘은 언제

나 내 안에 있다." 인생 신조가 되었다.

　"당신은 무엇을 할 때 가장 행복한가요?" "그림책 심리 치유의 시간이요!" 한 치의 망설임도 없이 답했다. 만족스러운 함박웃음이 한가득 차오른다. 기회는 우연히 찾아온다. 하지만 그것을 붙잡는 것은 필연처럼 해야 한다. 운명처럼 찾아온 기회, 빛의 속도로 낚아챘다. 인생 첫 '그림책 에세이' 공저를 출간했다. 출산만큼 고통이 따른 행복한 감동이었다. 그림책 작가의 꿈이 내면에서 꿈틀댄다. 언젠가 이루어낼 것이라 믿는다. 아니 벌써 준비되어 있다. 참으로 가슴 벅찬 삶이다. 살아있다는 가치를 일깨워주는 그림책 심리 치유의 삶은 현재진행형이다.

나를 키우는 힘

나 자신을 믿고 오늘도 한 걸음 더!

시냇물가

"환자분은 무리한 운동을 하시면 안 됩니다. 일상 생활만 하면서 사는 게 좋겠습니다."

정형외과 의사가 말했습니다. 30대 후반 때의 일이었죠. 삶에 좀 여유가 생겨 병원에 갔었거든요. 진료 결과를 들으니, 실망스러웠습니다.

어렸을 때, 친구들과 놀다가 다리 밑 개울로 떨어졌습니다. 깨진 병 조각에 등과 다리를 찔렸습니다. 고관절도 망가졌죠. 찔린 상처는 곧 아물었지만, 관절 통증은 가라앉지 않았습니다.

병원이 드물어 침과 한약으로 치료했습니다. 아프지만 겉으로 표시가 나지 않았죠. 부모님은 영문을 모르고 주무르기만 합니다. 잠을 자지 못하고 밤새 울었던 적이 많았죠. 세월이 지나며 점차 통증이 가라앉았습니다. 고등학교 때 그 부위를 또 다쳤습니다. 평행봉에서 재주넘다가 떨어졌죠. 신체적인 핸디캡이 생겼습니다. 오른쪽 다리가 왼쪽보다 좀 짧아졌습니다. 앉을 때 양반다리도 불편하고요. 걷는 모습이 부자연스러울 때도 있습니다. 군입대도 면제되었습니다. 삶이 고단하다 보니 근본적인 치료 시기를 놓쳤습니다. 지금까지 그렇게 살고 있습니다.

안양천에서 산책할 때면, 축구 하는 사람들, 자전거 타는 사람들, 배드민턴 하는 사람들이 보입니다. 그날따라 자전거 타는 사람들이 유난히 눈에 띄었습니다. 타고 싶다는 생각이 들었죠. 의사가 자전거도 타지 말라고 했는데 말이죠. '자전거는 괜찮지 않을까?' 검색해 봤습니다. 유산소운동이면서 근력도 강화시키는 운동입니다. 특히 하중을 받지 않아 관절에도 좋은 운동이라고 하더군요. 마음이 더 쏠렸습니다. '일단 타보자. 무리가 되면 안 타면 되겠지.' 자전거를 탔습니다. 여름철이라 그런지 시원하고 상쾌했습니다. 오랜만에 느껴보는 기분이었죠. 운동하고 있다는 뿌듯함, 기쁨 등 다양한 감정이 오갔습니다. 그날부터 자전거를 탔습니다. 라이딩의 매력에 빠지게 되었죠. 꾸준히 타다 보니 하체 근육도 탄탄해졌습니다. 이전보다 몸이

나를 키우는 힘

좋아졌지요. 할 수 있다는 긍정적인 생각으로 마음이 충만해졌습니다. 변화가 생기고 있는 겁니다. 운동하면 안 된다는 의사의 말이 떠올랐습니다. 이렇게 할 수 있는데 왜 그런 말을 했을까? 왜 그 말에 사로잡혀 살았을까. 지나간 세월이 너무 억울합니다.

할 수 있고, 없고는 누군가가 정해주는 것이 아닙니다. 스스로 정하는 것입니다. 나의 능력과 잠재력을 왜 누군가의 판단에 맡겼을까요. 의사의 말에 한계를 짓고 살 때는 매사에 의욕이 없었습니다. 자신감도 없었죠. 스스로에 대한 믿음도, 자존감도 바닥이었고요. 이제는 그렇지 않습니다. 변한 모습이 자랑스럽고 멋집니다. 나를 믿으니 나를 사랑하는 마음이 생기게 되더군요. 라이딩 할 수 있다는 것에 감사했습니다. 출퇴근도 자전거로 합니다. 바람을 가르는 출퇴근길이 즐겁습니다. 마음과 몸이 갈수록 건강해집니다. 자유로운 시간을 만끽합니다. 고등학교 동기 등산모임에도 나갑니다. 처음엔 좀 힘들었지만, 오랜 라이딩으로 인한 하체 근육 덕분에 곧 적응하게 되었죠. 서울 주변은 물론, 경기도에 있는 산까지 활발한 산행을 합니다. 등산의 묘미를 만끽합니다. 대학교 동기 산행 모임에도 나갑니다. 이 모임은 원정산행도 하고 난이도 있는 산행도 한답니다.

고등학교 동문 모임 중에 마라톤 모임이 있습니다. 목동 등 서부지역에 사는 회원들이 가끔 안양천에 모여 달립니다. 자전거로 함께 하곤 했죠.

"너도 한번 뛰어 봐!"

어느 날 선배가 툭 던집니다. 뛰어 보라고? 나도 뛸 수 있을까? 아니, 뛰어도 될까? 마라톤은 라이딩, 등산하고는 다를 텐데. 관절에 무리가 오지 않을까. "아니요. 나는 그냥 자전거 탈게요." 선배가 다시 말합니다. "목동 성당 마라톤 동호회 회원 중에 소아마비를 앓았던 사람이 있어. 근데 뒤뚱거리면서도 풀코스를 완주해. 그 사람보다 상태가 훨씬 좋은데 네가 뛰지 못할 이유가 없어."라고. 돌아오는 길에 곰곰이 생각해보았습니다. 마음속에서 속삭입니다. '라이딩과 등산도 예전엔 꿈도 못 꿨잖아. 한번 도전해봐! 나를 믿고 시도라도 해봐!' 다시 한번 결단합니다.

Just do it!

다음 훈련 때 자전거 대신 운동화를 신고 나왔습니다. 천천히 뛰어 봅니다. 숨이 차고 다리 근육에 쥐가 납니다. 불과 300미터도 못 뛰었는데 말이죠. 주저앉아 뭉친 근육을 풀었습니다. 달릴 때 쓰는 근육이 다르다는 것을 알았습니다. 뛰어 본 적이 없었으니까요. 자세, 호흡법 등 기초부터 차근차근 배웠습니다. 시간 날 때마다 뛰어 봅니다. 조금씩 거리가 늘어납니다. 처음으로 5km를 뛰었습니다. 다행스럽게도 관절에 통증이 많이 느껴지지 않았습니다. 더 악화되지 않았지요. 라이딩, 등산으로 다져진 근육 덕분인 것 같습니다. 무리하지 않고 뛰는 습관도 무시하지 못했겠지요. 이때부터 더는 관절을 의식하지 않고 마음 놓고 뜁니다. 집 근처 안양천에서 한강까지 다녀오면 약 10km. 이제는 거뜬하게 뜁니다.

 '벚꽃 마라톤' 대회. 합천댐 근처에 만개한 벚꽃 길을 따라 뜁니다. 마라톤 동호회에서 단체로 대회에 참가합니다. 저도 예외는 아니었죠. 10km, 하프코스, 풀코스가 있는데, 10km를 신청했습니다. 물론 대회 참가는 처음이죠. 코스가 헷갈려 10km 피니시 라인을 찾지 못했습니다. 뛰다 보니 하프코스를 뛰었습니다. 가슴이 터질 것 같이 고통스러웠지요. 걷고 싶었고, 쉬었다가 뛰고 싶었습니다. 우여곡절 끝에 완주했어요. 21.0975km, 2시간 8분 33초. 처음 뛴 것치고는 좋은 기록이라고 합니다. 어떻게 하프코스를 완주하게 되었는지. 자전거도 탈 수 없다고 여겼었던 나였는데. 포기하고 싶은 유혹들을 뒤로하고 '한 걸음만 더!' 하면서 목표 지점까지 완주한 겁니다. 훈련 덕분입니다. 자신에게 박수를 보냈습니다. 잘했어! 네가 믿음직스러워! 이제는 하프코스도 자주 뛴답니다.

 전문가라고 해서 모든 것을 알 수 없습니다. 누군가로 인해 나의 능력과 잠재력 그리고 한계가 제한될 순 없습니다. 되고 안 되고는 내가 결정합니다. 한계도 스스로가 설정합니다. 아니, 내가 설정한 한계도 절대적인 것이 아닙니다. 사람의 능력과 잠재력은 무한하니까요. 스스로를 믿고 포기하지 마십시오. 조금만 더, 한 번만 더 해보세요. 인내로 반복한 하루하루가 멋진 결과를 가져옵니다. 멋진 성취를 이룰 겁니다. 믿으세요! 나를.

나를 키우는 힘

침묵과 웃음의 힘

양정숙

3남 2녀 중 둘째. 평범한 가정에서 자랐습니다. 부모님의 따뜻한 보살핌, 중간 딸로서의 묵묵한 책임감이 나의 키워드입니다. 오빠는 어려서부터 약간의 소아마비가 있었습니다. 부모님의 관심이자 보호 대상이었지요. 둘째 셋째는 남동생, 막내가 여동생입니다. 그 사이에 있는 저는 그저 씩씩하게 자랐습니다. 부모님의 잔소리를 듣지 않았고요. 도움 요청하는 일 없이 스스로 문제를 알아서 해결하는 강한 아이였습니다. 돌아보면, 중학교와 고등학교 시절 명랑하고 밝은 학생이었습니다. 친절한 성격을 지녔죠. 긍정적이고 낙관적인 성격이었지만 앞장서지는 않았어요. 내 안에 숨겨진 힘과 잠재력을 충분히 깨닫지 못한 채 살아왔습니다. 아니 장점을 생각하지 못했습니다.

　삶은 결코 순탄한 게 아니었습니다. 엄마는 오 남매와 시어른, 시삼촌들까지 함께하는 삶의 무게를 견뎌내셨습니다. 당시에는 그것이 당연하다고 여겼지요. 지금 생각해보면 무던한 인고의 시간이었습니다. 처음에는 생활이 풍족했습니다. 고등학교 들어가던 해, 아버지 사업이 국가 경제 위기로 부도나면서 크게 흔들렸습니다. 사업장에서 작은아버지마저 돌아가시면서 더 어려워졌습니다. 엄마는 한 번도 일해본 적이 없으셨지만, 생계를 책임지기 위해 일자리를 찾아 나섰습니다. 이런 어려움 속에서도 자식들이 부족함을 느끼지 않도록 최선을 다해주셨습니다. 그것을 당연하게 생각하며 지냈거든요. 부모님의 희생은 안정적인 울타리였습니다. 가끔은 아무런 말 없이 미소만 지으시는 엄마가 답답한 적도 있습니다. 심지어 엄마처럼 살지 않겠다고 다짐하기도 했지요. 시간이 지나면서 엄마의 침묵 속 강인함이 얼마나 큰 가르침이었는지 깨달았습니다. 그 미소 뒤에는 고난을 견디는 힘이 숨겨져 있었음을.

　고등학교 1학년 때였습니다. 유독 아이들을 예뻐했던 담임 선생님을 만났습니다. 선생님은 국어를 담당하셨고, 긴 생머리에 큰 가방을 메고 다니며 항상 '하하 호호' 유쾌하게 웃었습니다. 긍정의 힘과 기쁨의 가치를 배웠습니다. 우리는 선생님 집에 가서 함께 라면을 끓여 먹거나, 선생님의 조언을 들으며 시간을 보냈습니다. 감사와 묵묵한 인내의 힘을 깨닫게 해주었죠. 그분의 영향은 교실을 넘어 내 인생의 방향을 바꾸어 놓았습니다. 좋은 글을 따라 쓰고 읽는 모습은 인상적이었습니다. 진심 어린 말로 표현하는 글쓰기의 가치를 알게 해주셨죠. 저역시 좋은 글을 필사하고 읽는 것을 한참이나 따라 했습니다.

　나중에야 알게 되었습니다. 선생님의 웃음 속에 엄청난 개인적인 희생과 고통이 숨겨져 있었습니다. 구강암을 겪으면서 모든 치아를 다 뽑아야 했습니다. 자식을 포기해야 했던 상황까지 겪으셨더군요. 그런데도 감사함을 외치며 긍정적인 삶을 살아가고 있었습니다. 이런 사연을 듣게 되었을 때, 한참을 울었습니다. 지금도 선생님의 그 모습이 눈에 선합니다. 그 삶이 얼마나 큰 교훈이었는지 알았습니다. 삶이 괴롭고 힘들더라도 희망의 끈을 놓지 말라는 깊은 울림을 들었으니까요.

　엄마와 선생님은 내 삶에 깊은 흔적을 남기셨습니다. 단단히 뿌리를 내렸지요. 결혼 생활에도 영향을 주었습니다. 현실 속에서 치열하게 살던 남편을 만나, 누군가 그에게 힘을 보탠다면 더 잘할 수 있을 거라는 믿음으로 결혼했습니다. 그의 열정과 도전정신은 저와 많은 부분이 닮았습니다. 제가 힘이 되어

주고 도움을 줄 수 있기를 바랐습니다. 어려움 속에서도 꿋꿋하게 일어서는 남편. 저는 그를 '의지의 한국인'이라며 자주 부추겨 주곤 했습니다. 세 번의 건물을 세우고, 두 번 죽음의 고비를 넘었습니다. 그래도 꿋꿋하게 이겨내고 있습니다. 엄마처럼 저는 남편의 곁을 묵묵히 지키고 있습니다. 어떤 어려움도 극복할 수 있다는 믿음이 있거든요.

이 순간, 저를 만든 삶을 되돌아봅니다. 놀랍도록 감탄스럽습니다. 엄마의 묵묵한 인내와 선생님의 유쾌한 긍정성. 셀 수 없이 많습니다. 모든 사람 안에 무한한 긍정의 힘이 있다는 사실을 알고 있습니다. 어려움은 피할 수 없지만, 감사와 단단한 마음으로 맞설 수 있습니다. 이 믿음은 내 삶의 등불이 되었습니다. 저는 이것을 아이들에게도 전하려 노력하고 있답니다.

강인함은 항상 크고 뚜렷하게 나타나는 것은 아닙니다. 매일 아침 일어나는 묵묵한 결심, 더 나은 내일에 대한 믿음, 그리고 작은 기쁨 속에 숨겨져 있습니다. 우리 모두 긍정의 힘을 품고, 침묵 속에서도 산을 움직일 수 있는 능력을 믿으며 살아가길 바랍니다. 깊이 생각해보니, 마주하는 삶의 도전들에 어떻게 반응하느냐에 따라 순간들이 달라진다는 것을 알아차렸습니다. 강인함을 몸소 전한 엄마의 미소에서 침묵은 강력한 힘을 갖고 있다는 것을 배웠습니다. 사랑과 결단의 무게를 담고 있으니까요. 마찬가지로, 선생님의 밝은 웃음, 감사와 긍정은

나를 키우는 힘

고난 극복의 힘을 보여주었습니다. 내 인생의 나침반이 되어주었으니까요.

아이들에게도 전합니다. 부모의 임무니까요. 호기심, 감사, 그리고 강한 자존감을 가지고 삶을 대하도록 격려합니다. 종종 그들에게 하늘나라에 있는 엄마와 선생님의 이야기를 들려줍니다. 이 특별한 분들이 내 마음에 남겨준 가치에 대해 공유합니다. 삶의 도전을 피하지 않고, 열린 마음과 강인한 믿음으로 받아들이길 바랍니다. 매일 아침 해가 뜨는 모습을 보며, 하루가 가져다줄 무한한 기회들을 떠올립니다. 회복력, 용기, 성장의 약속들이 속삭입니다. 오롯이 마음에 품어놓습니다. 희망을 가득 안고 앞으로 나아갑니다. 어머니의 묵묵한 강인함과 선생님의 밝은 긍정성처럼.

새벽공기가 차갑습니다. 다른 사람들에게도 제가 받은 영감이 전해지기를 바랍니다. 궁극적으로, 삶은 평범함 속에서 기쁨을 발견하고 예상치 못한 상황에서 강인함을 발견합니다. 길이 험난하더라도 긍정의 힘을 믿고 있다는 증거지요. 오늘도 여정은 계속됩니다. 삶이 가르쳐준 교훈과 이끌어준 분들께 감사드립니다. 내가 누구인지, 나는 어떤 사람이 되고자 하는지, 내 안의 힘이 얼마나 강력한지 깨닫게 해주었거든요.

무의식이 덮어버린 전의식을 소환하다!

이미자

무의식은 나의 의식을 통제할 수 없을 때마다 스물스물 기어 나온다. 기억은 희미하지만, 화가 나 있었다. 어린 시절, 아빠는 다혈질에 급한 분이셨다. 언제 화를 내실지 예측할 수 없을 만큼 급발진은 가족들 모두 공포에 떨게 하였다. 그런데 참 이상하다. 평소에는 그렇게 따뜻하고 정이 많다. 엄마가 전화를 오래 사용한다든지, 자식들이 불을 켜놓고 다닌다든지, 물을 계속 틀고 쓴다든지, 차에서 기다리시다가 엄마가 늦게 나온다든지, 그럴 때면 갑자기 폭발하시면서 심할 때는 욕까지 했다. 우리 남매들에게 아빠의 기억은 그렇게 좋지만은 않았다.

생생하게 기억난다. 언니가 엉덩이로 방문을 닫았다는 이유로 아빠는 야구방망이로 언니를 때렸다(심하게는 아니었지만). 우리 형제들은 숨죽이듯 떨었다. 훗날 아빠께 여쭈었을 때 기억이 나지 않는다고 얼버무린다. 당사자인 언니는 억울함과 아빠에 대한 미움이 무의식에 고스란히 남아있을지도 모른다. 내게도 남성에 대한 무의식적 부정적인 반응이 젖어있는 것처럼.

결혼해서 남편의 급발진을 보았다. 화가 났다. 엄마처럼 당하며 살지 않겠다는 마음이었다. 악다구니를 쓰며 남편의 말을 받아쳤다. 남편에게 지지 않으려고 각을 세우며 살았다. 남편은 날 '센 여자'로, 난 스스로를 '당하며 살지 않는 씩씩한 여자'로 정의하면서 말이다. 늘 이긴 것 같지만 진 게임이었다. '이런 것은 내가 원하는 것이 아니야'를 수없이 되뇌며, 불행한 시간에 대해 자꾸 질문하고 어린 시절 나를 만나는 사투를 벌이게 되었다.

아빠는 포항제철 용광로에서 일하셨다. 배움이 짧았지만 치열한 삶의 현장에서 끝까지 버틴 호랑이 주임이셨다. 어른이 된 후에야 알았다. 직책 또한 그냥 아니 거저 얻어낸 것이 아니었음을. 우리의 삶이 치열했듯 아빠의 삶도 외롭고 힘든 삶이었다. 아빠는 중학교도 제대로 다니지 못했고, 졸업장만 간신히 갖고 입사했다. 회사에서 다양한 진급시험과 자격증 시험을 치르느라 고생을 많이 했다고 하셨다. 공부에 대한 힘듦을 알아서일까. 우리에게 공부하라고 한 번도 말하지 않았다. 아빠는 당신의 일에 충실하게 살아내셨다. 경제적 책임을 다하며 3명의 자식을 대학까지 보내셨다. 얼마나 감사한지 모른다. 하기 싫은 일을 할 수 있는 것은 가족에 대한 사랑이었음을…….

'왜 우리 부모는 공부하라는 이야기를 안 하셨을까? 공부 좀 시켰으면 더 잘했을 텐데.' 부모를 탓한 적도 있다. 공부에 대한 압박감을 느낀 적은 단 한 번도 없었다. 스스로 알아서 했다. 공부하거나 학습에 대한 거부감이 없었다. 오히려 새로운 것을 도전하고 배우는 것이 좋았다. 결핍에서 나온 반응일지도 모르겠다. 무엇이든 해 보고 싶었고 끊임없이 배우는 삶의 태도는 어린 시절의 결핍과 후회의 반증이다. 왜냐하면, 남편은 상대적으로 공부, 공부, 공부를 강조한 집안이었다. 공부를 무지 잘 했지만 늘 시켜서 하고, 좋아하는 것을 선택해서 해 본 적이 없었다. 무엇을 시작하는 것이 어려운 사람이다.

나의 무의식에는 노름을 좋아하는 아빠에 대한 화, 미움이 있었다. 엄마를 힘들게 했던 성질 더럽고 괴팍한 아버지, 그 아버지에 대한 한심함과 답답함이었다. 그래서 전의식을 소환했다. 농구공, 야구배트, 야구공, 야구글러브, 배구공, 축구공 그리고 최고봉인 스카이 콩콩을 직접 만들어주셨던 아빠를 만났다. 아버지 방식이었다. 가족들과 낚시도 가고, 포항 바다에 가서 텐트도 치고, 고기도 구워 먹었던 어린 시절이 선하다. 집 앞에서 4형제가 웃으며 찍은 사진을 보았다. 따뜻하고 흥이 많으며 열정적인 아버지다. 어쩌면 내가 가장 아버지를 닮았는지도, 알고 싶었다. 설 명절에 드라이브하며 아버지의 젊은 시절, 나의 출생에 관한 이야기를 물었다. "너무 이쁘고 똑 부러지는 딸이었지!" 아버지에게 특별한 딸이라는 것을 다시 한번 확인했다.

아빠는 나를 유난히 좋아하셨다. 엄마 아빠를 중재하는 눈치 빠른 둘째였다. 아빠의 기분이 좋지 않음을 감지하면 다가가서 말 걸어 주며 아빠의 기분을 잘 풀어주는 딸이었다. 집안 분위기가 싸늘하게 느껴지면 불안했다. 분위기를 바꿔야겠다는 본능은 내가 살아가는 방식이었다. 기질적으로 사회적 민감성과 위험 회피가 높아 살려고 발휘했던 거다. 그러다 보니 엄마와 아빠에게는 그냥 마음이 가는 딸이었다. "우리 미자는 뭘 해도 잘 할 거야. 너는 사막에서도 살 수 있을 거야."라며 긍정 확언을 해주셨다. 아빠에게 자주 말을 걸어 준 딸이 그냥 이뻤을 게다. 둘째 아들은 민감하다. 엄마, 아빠 표정을 잘 읽어줄 때 얼마나 사랑스럽고, 뿌듯한지를 느껴봤다. 그 마음을 너무도 잘 안다. 50이 넘어서도 가족의 중재자다. 편안한 분위기를 만들기 위한 노력이 쌓여 나의 노하우가 되었다. 상담사라는 직업에서도 잘 발휘하고 있다.

사람들은 누구나가 자기만의 크고 작은 결핍과 상처를 갖고 살아간다. 어쩌면 그 상처와 결핍은 나에게 다양한 감정과 기억으로 남지만, 그것이 다가 아닐 수 있다. 좀 더 가까이 들여다보면 상처에 가려져서 보이지 않는 좋은 추억이 '꽁꽁' 숨어 있을지도 모른다. 불편했던 사건에서 남겨진 부정적인 감정의 흔적을 마주하는 것이 어려워서 오히려 외면하거나 덮어 두었다. 정체를 알지 못하는 감정에 갇힌 거다. 나도 모르는 '버럭' 하는 내 모습 보며 깜짝 놀라기도 했다. 이제부터라도 불쑥불쑥 올라오는 슬픔을 마주하고, 폭발하는 나의 목소리에 귀를 기울이련다. 어린 시절 상처받은 어린 나를 만나며 꼭 안아주고 토닥이련다. 머무를 때 비로소 보이는 것들이 있다면 용기내어 머무는 시간을 가지련다. 아빠와 엄마의 좋은 추억을 가리는 어둠을 걷어 내련다. 내게 따뜻한 음식을 건네고 따뜻한 말 한마디를 건네는 엄마 아빠를 만나고 싶다. 얼마나 우리를 걱정하고 사랑했을까? 왜 진작 찾지 못했을까? 홀로 남아있는 아빠께 여쭤보련다.

"자식을 키우면서 언제 행복하셨나요?"

"언제가 인생에서 가장 힘드셨나요?"

내 삶에 대한 연민 때문이었을까. 잘못된 기억을 의지하며 살았다. 무의식에서 갇혀 있는 내 삶의 습관을 마주한다. 전의식과 의식의 긍정으로 나를 토닥인다. 결핍의 순간들이 나를 더 강하고 생존력이 높은 삶으로 이끌었다. 아버지와 어머니의 긍정 확언이 나를 일으키는 힘이었다. 나의 강점을 잘 발현하며 감사하면서 살아야겠다.

"이광현 아버지, 김인숙 어머니(57세 소천) 잘 키워주셔서 감사합니다.
엄마, 아빠의 딸로 예쁘고 씩씩하게 살아감에 감사합니다.
그리고, 양양금 어머니도 함께해주셔서 감사하고 사랑합니다!"

멈추어 호흡하고 나를 믿다

이은정

찾고 싶은 답이 있을 땐, 먼저 거울을 본다. 이미 내 안에 가지고 있다. 종종 내가 간과하는 곳에 숨어 있을 뿐이다. 바쁘게 사방을 찾아 헤맬수록 놓친다. 나만의 시간을 갖는 것이 필요하다. 알아차리면 보인다. 매 순간 깨어있어야 한다.

60대 초반의 여성을 상담한 적이 있다. 처음 본 날, 한마디도 하기 전에 상황이 파악됐다. 축 처진 어깨, 생기를 잃은 눈빛, 그리고 느릿한 움직임. 마치 세상의 무게를 다 짊어진 듯했다. 갓 내린 커피의 향이 코끝을 자극했지만, 카페의 공기는 싸늘했다. 의자에 털썩 앉는 그녀. 시간이 멈춘 듯 사방이 고요했다. 깊은 한숨을 내쉰다. 공간을 사로잡을 만큼 무겁고 깊은 소리였다. 우울한 아우라가 그녀를 덮친 것 같았다. 마침내 입을 열었다. 웅얼거리는 소리에 절박함이 느껴졌다. 책도 읽고, 강의도 듣고, 심지어 유명한 도인도 찾아다녔다고 했다. 아무것도 효과가 없었다며 우울해했다. 뭔가 비어 있고, 공허하며, 완전히 길을 잃은 것 같다며 두 시간이나 쉬지 않고 넋두리한다.

한마디도 하지 않고 차분히 귀를 기울였다. 주변 소음이 점차 희미해졌다. 순간, 나의 시선이 벽에 걸린 화분으로 옮겨갔다. 생기 넘치는 초록빛 잎사귀는 그녀가 가진 회색빛 분위기와 강렬하게 대조되었다. 손님이 들어오자 화분이 바람에 살짝 흔들린다. 잠시 생각이 스친다. '혹시 답이 밖에 있는 게 아니라, 이미 안에 있는 것은 아닐까.' 조심스럽게 생각을 공유했다. 부드럽고 단호하게 입을 열었다. 그녀를 압도하지 않으려면 신중해야겠다고 판단한 거다. 긴 설명이나 질문은 의미가 없었다. 단지 그녀가 찾고 있던 답은 이미 그녀 안에 있을 수 있다는 가능성을 말하고 싶었다. 그 방법을 찾는 게 중요하다고.

미간에 새겨진 약간의 주름과 굳게 다문 입술, 의구심으로 가득 찬 표정. 동시에 미약한 호기심의 눈빛이었다. 바람에 흔들리는 촛불처럼 불안정했지만, 빛이 났다. 그 후로 몇 주 동안 더 만났다. 인터뷰와 검사지를 통해 자신을 알아가는 작업을 했다. 간단한 '숙제'도 냈다. 매일 몇 분씩 자신과 대화를 나누며 질문하고, 그 생각을 기록하게 했다.

다시 만난 날, 표정이 달라졌다. 당당해진 자세, 유난히 반짝이는 까만 눈동자. 가볍지만 힘 있는 목소리까지. 겨울인데도 공기는 상쾌했다. 밝은 빛이 창을 통해 길게 드리운다. "찾았어요. 내가 찾던 게 내 안에 있었어요. 단지 보지 못했을 뿐이죠." 만나자마자 흥분하며 말한다. 나에게도 큰 계시였다. 내가 종종 간과했던 진리를 상기시켜 준 거다. 그렇다. 내가 찾는 답은 외부에서 거의 발견되지 않는다. 해답은 내면에 있다. 그저 올바른 선택의 순간을 기다릴 뿐이다.

내가 해결하려는 문제의 답은 책이나 강의, 혹은 다른 사람의 말 속에 있는 게 아니다. 때로는 내가 가장 예상하지 못한 곳, 바로 내 안에 숨어 있다. 삶의 지혜나 문제의 해결책을 멀리서 찾을 필요가 없다는 사실이다. 다만, 내면의 목소리를 오롯이 듣는 법을 배우면 된다.

힘들 때마다 나를 지탱해주는 닻이자, 세상이 너무 버겁게 느껴질 때 찾는 고요한 피난처. 내 삶의 일부, 쿤달리니 명상. 일상이 변했다. 이전에 겪어보지 못한 전혀 새로운 차원의 깨달음으로 나를 이끌었다. 낯선 명상실. 묘한 에너지에 빠져들었다. 백단향의 은은한 향기가 나무 바닥의 흙내음과 섞여 온몸으로 퍼졌다. 창문을 관통하는 빛은 벽에 또렷하게 그림자를 만들었다. 신비로움이 가득했다. 공간의 고요와 침묵은 안락하면서도 약간 위압적이었다. 차분하게 안내하는 도반의 목소리가 들리자, 매트에 앉아 자세를 바로잡았다. 의도적으로 호흡에 집중했다.

방안을 진동하는 낮고 리드미컬한 음악. 살짝 머뭇거렸지만, 무언지 모를 충동이 올라왔다. 처음에는 움직임이 어색하고 부자연스러웠다. 확신이 없었나 보다. 몸의 근육은 익숙하지 않은 듯 저항했다. 몸이 뻣뻣했다. 차츰 자연스럽게 움직인다. 흔들림에 취하자, 억눌려 있던 무언가가 풀려나는 듯했다.

두 번째 단계. 눈을 감았다. 더 깊이 빠져든다. 척추 아래에서 따뜻한 기운이 느껴진다. 어두운 방에 촛불이 깜박이는 것처럼 미묘했다. 마치 황금빛 용암이 몸속을 타고 흐르는 듯했다. 부드럽고도 강력했고, 차분하면서도 힘이 넘쳤다. 아! 단순한 신체적인 느낌이 아니었다. 내가 살아있다는 쾌감이다. 에너지가 깨어났다. 몸에 숨어 있던 문이 열린 거다. 어쩌면 내가 묻어두거나 잊어버린 오래된 감정들이었다. 기쁨의 기억들이 생생하고 선명했다. 슬펐던 기억도 따라왔다. 안개처럼 희미했지만, 푸르스름한 색감이랄까. 희비가 교차하면서, 묻혀 있던 두려움도 떠올랐다. 그림자처럼 어둡고 날카롭고 차가웠다. 심장이 빠르게 뛰었다. 손바닥은 살짝 축축해졌다. 이 느낌 뭘까. 저항하는 대신 관찰했다. 기쁨은 받아들이고, 슬픔은 인정했고, 두려움은 직면했다. 파도처럼 지나가도록 내버려 둔 거다.

주변 소리와 내 안의 에너지가 하나가 된 듯했다. 강력할 음악이 살아있는 것처럼 춤추고, 부드러운 음은 나를 따뜻하게 감싸준다. 다른 사람들이 숨을 고르고 움직이는 소리마저 위로가 된다.

명상이 끝났다. 천천히 눈을 떴다. 방의 모습은 그대로지만, 내 몸과 마음은 변했다. 몸이 가벼웠다. 보이지 않는 무거운 짐을 내려놓은 것처럼. 공기는 더 상쾌했고, 빛은 더 따뜻했다. 호흡은 안정되고, 마음은 평온했다. 입안에서 약간의 단맛이 난다. 손은 미세하게 떨린다.

'내가 왜 이것을 지금에서야 느꼈을까?' 후회가 아니라 경외심에서 나온 질문이었다. 쿤달리니 명상은 마음을 비우는 걸 넘어, 내면의 혼돈 속에서 평온을 찾는 법을 가르쳐 주었다. 첫 세션은 시작에 불과했다. 오롯이 나를 발견하는 길로 들어서는 문이었다. 내가 진정으로 되어야 할 사람으로 한 걸음 더 나아가기 위한 문.

돌아보면, 한때 저항하고 거부했던 것들이 오히려 나를 깊은 깨달음으로 이끌었다. 인생은 예상치 못한 일을 통해 나를 가르치고 바꿔 놓았다. 첫째, 종종 외부에서 답을 찾으려 하지만, 정작 필요한 답은 이미 내 안에 있다. 자기 성찰의 시간이 필요한 이유다. 둘째, 불편함 속에서 진정한 성장이 이루어진다. 흔들리는 순간이야말로 변화의 시작이다. 셋째, 감정을 억누르기

나를 키우는 힘

보다는 온전히 느끼는 것이 중요하다. 감정을 받아들일 때, 더 자유로워질 수 있다. 명상을 통해 삶의 아이러니와 아름다움을 새삼 느꼈다. 잠깐 멈추어 숨을 쉬고, 오롯이 나를 믿는다. 내 안에는 가장 위대한 스승, 가장 심오한 답, 그리고 무한한 잠재력이 있기 때문이다. 더는 밖에서 찾으려 헤매지 않는다. 재색 명리를 취하지도 넘치지도 않게 하리라. 시련과 고통, 문제의 해답은 단연코 내 안에 있으니까.

들꽃을 좋아하는 나는 들꽃을 닮았다

이향숙

"낳으려면 날 예쁘게 좀 낳아주지. 키도 작아, 눈도 작아, 똑똑하지도 않아. 뭐 하나 잘난 게 하나도 없게 낳아서."

"사지육신 멀쩡하면 되지! 눈이 보이지 않아도, 귀가 들리지 않아도, 다리를 절뚝거려도 다 잘만 살더라."

어릴 적 투정을 많이도 부렸지요. 엄마는 헛웃음을 지으며 같은 말을 했습니다. 위로가 되지 않았지요. 4살 많은 오빠도 못생겼다며 '못난이'라고 불렀고, 친구들도 오빠 따라 저를 '못난이'라고 불렀죠. 우리 집 단칸방에 세 들어 살던 쌍둥이 엄마도 예쁘다는 말은 하지 않았어요. 하물며 마을 공동 우물에 삼삼오오 모여 있던 아줌마들은 "저 집 둘째 딸은 야무지고 착해."라고 소곤소곤 댔어요. 그 소리가 달갑지는 않았지요.

"언니는 예쁜 게 아니고 인상이 좋게 보여서 그나마 괜찮아." 어느 날, 12살 터울의 막내 여동생이 말하더군요. 그때부터인지 알 수는 없습니다. 예쁘고 똑똑해 보이는 모습보다 누구나 편하게 다가와서 말을 걸 수 있는 '후덕하고 푸근한 인상 좋은 나'로 살자고 결정했지요.

"눈이 정말 작긴 하네!" 불과 몇 년 전, 엘리베이터 안에서 힐끔 쳐다보더니 남편이 말하더군요. 세상에나. 30년 가까이 살고 있는데, 이제야 알았다니. 좋아해야 하나.

"이제 알았어?!"

들꽃을 좋아합니다. 의도적으로 파종하거나 재배하지 않아도 피웠던 그 자리에 피죠. 오가며 볼 수 있어서 좋습니다. 화려한 꽃들보다 더 마음이 갑니다. 꽃이 피는 계절이면 일부러 몇 정거장 전에 내린답니다. 산책길을 따라 1시간쯤 걸어서 집으로 가지요. 들꽃을 보면서 걸으면 발걸음이 가볍습니다. 얄미웠던 동료도 이 시간만큼은 생각나지 않아요. 근심 걱정도 사라지죠.

길가에 피어있는 들꽃. 참 예쁩니다. 나의 마음을 살뜰하게 만져주기도 합니다. 나이가 들면 누구나 고운 마음이 되어 이해하게 되리라 생각했습니다. 그러나 내가 중심이 된 경쟁 속에서 치열한 삶을 살아간다고 여겨서일까요. 강력한 방어기제를 사용했지요. 내 모습을 보지 못한 것인지, 아랑곳하지 않은 것인지. 무심코 한 행동과 말 한마디가 서운한 감정으로 다가오고, 때론 비수가 되어 가슴에 꽂힙니다. 그것 또한 나의 부족함으로 인식하게 되면서 마음의 빗장을 채울 때도 있었지요. 시간이 지나며 그 빗장은 조금씩 틈을 보입니다. 다시 언제 그런 일이 있었느냐는 듯이 마음의 문이 열립니다.

소심하고 겁이 많습니다. 관계를 무엇보다 중요시하는 나는 자기성찰의 시간을 자주 갖습니다. 상담사가 직업이지요. 저를 self 상담하기도 합니다. 그래도 정리가 안 되거나 부족하다 싶으면 용기를 냅니다. 지인에게 조언을 구할 때면, 마음 한편에 부끄러움이 스멀스멀 올라오기도 합니다. 못난 모습 보이는 것 같아 아주 조금만 말하지요. 하지만 어느새 이야기 속에 푹 빠져든답니다. 대화하면서 문제의 해결 방법을 찾게 되지요. 마음이 편안해지고 정리가 됩니다.

들꽃은 비바람이 불어도 쉽게 꺾이지 않습니다. 바람이 부는 대로 춤을 추지요. 뜨거운 햇볕이 내리쬐어도 쉽게 시들지 않아요. 들꽃을 닮았습니다. 시작한 일은 쉽게 포기하지 않는 끈기와 성실함이 있지요. 물론 혼자만의 생각일 수도 있지만요.

나를 키우는 힘

잡힐 듯 잡히지 않고 포기한 듯싶지만, 느린 거북이 속도로 끝까지 해냅니다. 누가 보든 말든 주어진 역할에 충실합니다. 나만 알 수 있지요. 마음속에 숨겨진 아주 작은 욕심이 나를 걷게 하고 뛰게도 하고 도전하게 한다는 걸. 상처를 받은 누군가를 안아 줄 고운 마음의 들꽃씨를 심어 봅니다.

　오래 매달리기와 마라톤을 잘했습니다. 중학교 1학년 때, 전 학년이 참가하는 마라톤 대회에서 3위를 했던 기억이 납니다. 친구와 선후배들은 도란도란 얘기하며 달렸지만, 수십 명은 죽어라 있는 힘을 다했습니다. 숨이 벅차면 헉헉하면서 잠깐 걷다가 다시 뛰었지요. 몇 미터인지는 가물가물하지만, 중학교에서 초등학교까지의 거리였어요. 비포장에 경사가 있는 언덕도 있었죠. '조금만 참고 뛰어.' 스스로 응원했죠. 힘들고 고통스러웠던 그 순간을 참고 견딘 덕분입니다. 순위에 드는 완주의 기쁨을 누렸지요. 가끔 힘들고 지쳐서 포기하고 싶을 때가 있습니다. 그날의 벅찬 감동을 떠올리죠. '조금만 더 가 보자.', '잘 견디면 도착할 수 있어.', '해낼 수 있다니까!' 용기가 납니다. 용기는 다시 시작하게 하는 원동력이랍니다.

　현대사회는 빠르고 편리합니다. 한편으론 쓸쓸하고 고독해 보입니다. 재미없는 삶처럼 보일 수도 있지요. 이제는 달라졌습니다. 마라톤처럼 앞만 보고 달리다가 힘들고 지치면 잠시 쉴 곳을 찾아 휴식을 취합니다. 무리하지 않아요. 몸 상태와 주어진 상황을 융통성 있게 받아들이지요. 목표 수정도 얼마든지 가능해졌거든요.

"오늘은 여기까지. 내일 다시 이어서 달리는 거야."

돌아보니 들꽃을 사랑했습니다. 힘듦을 잘 참았고, 고난을 잘 극복할 수 있었습니다. 가난한 농부의 가정에 1남 6녀의 딸 부잣집 셋째로 태어나서일까요. 어린 시절부터 몸에 익숙해진 덕일까요. 두 아이의 부모입니다. 나의 부모님을 떠올리면 참 힘드셨겠구나! 하는 마음에 짠합니다. 안타까움과 감사한 마음이겠지요. 총 아홉 식구가 작은 집에 옹기종기 살다 보니 스스로 해야 하는 일이 많았어요. 중간에 끼인 나, 있는지 없는지 티가 안 났지요. 아마도 생존을 위해 잘 참았나 봅니다. 관심을 좀 더 받기 위해 착한 아이가 되려고 했고요. 모두 성인이 되었습니다. 한자리에 모일 때면 일곱 남매가 그리 많다고 느껴지지 않습니다. 서로에게 갖는 애틋한 마음이 그저 감사하고 예쁩니다.

최고는 아니었지만, 최선을 다하며 살았습니다. 지금도 마찬가지입니다. 때론 최고는 어떤 모습일까 궁금합니다. 타인의 삶을 동경하고 따라가지 않습니다. 타인이 보기에 보잘것없어 보여도 괜찮습니다. 마음속에 고이 간직해 온 버킷리스트를 하나씩 이루면서 사는 것이 최고의 삶이 아닐까요! 거창하지는

　　　　　　　　　　　　　　나를 키우는 힘

않지만, 마음속에 혼자만의 비밀로 숨겨 놓은 작은 꿈들이 있습니다. 천천히 하나씩 이루어나갑니다. 또 다른 꿈을 찾아 오늘도 도전하면서 살고 있습니다. 그 자리에 다시 꽃을 피우는 들꽃을 닮은 저는 욕심쟁이입니다.

사업 성공과 마음 부자인 나

조시원

       어려서부터 '혼자의 삶'을 운명으로 받아들였다. 아버지를 일찍 여의고 어머니 혼자 자식들 키우며 살림과 농사일에 치였다. 자식들의 개인적인 성장은 돌볼 여유가 없었다. 혼자서 모든 것을 결정해야 하는 처지에 살았다. 지금 생각해 보면 고비 고비마다 굴하지 않고 잘 극복했다.

      큰아들의 치료비 때문에 대기업을 당차게 사표를 냈다. 사업이라는 꿈을 꾸며 프랜차이즈 공부한 것이 계기가 되었다. 컨설팅회사에서 이름만 대면 누구나 아는 회사들을 컨설팅하는 운이 좋은 경험도 할 수 있었다. 한 달에 수억원 매출에 수익률이 좋은 사업을 해서 돈도 모을 수 있었다. 그러나 사기꾼들이 많다는 것을 깨닫는 일이 있었다. 경험 부족으로 사기를 맞은 것이다. 도처에 지뢰가 있다는 것을 모른 채 순풍에 돛을 달았다는 생각에 빠졌다. 좋은 차에 프랜차이즈 업체의 사장들과 신문기자들과 '부어라, 마셔라' 했다. 모르면 용서되는 사회가 아니었다. 수십억 원을 사기꾼에게 당하고 난 뒤에 후회해 본들 무슨 소용 있으랴. 결국, 회사 부도로 법정에 서야 했다. 사람 때문에 흥하고 사람 때문에 망한다는 것, 누굴 만나느냐가 중요하다는 것을 깨달았다. 실패는 성공의 어머니라 하지 않던가 하면서도 참 힘든 세상이구나 하는 생각이 수도 없이 나를 짓눌렀다.

모든 것을 잃고 집에도 들어가지 못하는 처지였다. 차비도 없을 정도의 비참한 생활을 했다. 그냥 다 포기하고 마감할까 하는 극단적인 생각도 한두 번 한 게 아니다. 아마도 술을 좋아했다면 술김에 뭔 일을 저질렀을지도 모른다. 때때로 난 아직 젊고 아이들이 있는데 다시 도전해야지 하는 마음이 거듭되었다. 삶은 풀어야 할 숙제라 했던가. 한 번의 실패를 이겨내지 못하고 어찌 성공할 수 있겠는가. 다시 무에서 유를 창조해야 할 시점이 되었다. 내 자존심 때문에 형제들과 친구들에게 선뜻 손을 내밀지도 못했다. 고민에 고민을 거듭해 봐야 온전히 내 몫임을 처절하게 알아차릴 수밖에 없었다.

여러 방법을 찾던 중 대기업에서 같이 일했던 대선배 한 분과 식사하는 자리가 있었다. 그분 친형이 베트남에서 수산물공장을 운영하며 국내로 수산물 수입을 8년째 한다고 했다. 나의 상황을 듣고 좋은 조건으로 가공 사업을 해보자는 것이다. 할 수 있는 작은 것부터 했다. 10여 곳의 유명한 식당을 다니면서 시장조사차 시식을 하면서 잘되는 식당은 뭔가 다르다는 것을 느꼈다. 자체 소스를 개발하기로 하고 전문가에게 기본 레시피를 배웠다. 우리만의 차별화된 소스를 추가 개발하였다. 수락산역 근처 가공 샵을 차렸다. 소스를 만들어 연금 매장과 식당 몇 군데 납품했다. 의외로 반응이 좋았다. 선배의 수산물을 거래처인 약수역 근처 '해물텀벙'이라는 식당에서 함께 소스를 추가 개발했다. 지금도 그 식당은 줄을 서서 먹을 정도다. 성공적이었다.

가공샵에 2003년에 알았던 이모 본부장이라는 분이 찾아왔다. 영업 전문가다. 내가 산을 좋아하는 것을 알고 매주 일요일 족발과 막걸리를 사 들고 수락산역 1번 출구에서 기다렸다. '아 저분이 산을 좋아하는구나.' 생각했지만 나중에 알고 보니 나를 위해 좋아하는 척했던 거다. 그저 술을 좋아했을 뿐이었다. 산행을 마치고 뒤풀이 자리에서 함께 일하자고 정식으로 제의했다. 사업이 막 기반을 잡는 중에 치고 나갔기에 힘들다고 거절했다. 그러나 매주 찾아왔다. 심지어 비싼 제품 공세를 했고 건강이 앞으로 대세라며 다른 사람을 살리는 명분 있고 비전 있는 일을 하자는 것이다. 한 번만이라도 함께 사무실에 가서 사업 관련 미팅을 하자는 것이다. 거절에도 7~8번쯤 더 찾아왔다. 바쁠 텐데도 계속 찾아오니 미안도 하였고 미래 비전 있다고 생각했다. 한번 가서 회사 상황도, 아이템의 차별성 시장성 등을 볼 겸 구로에 있는 사무실에서 미팅 약속을 잡았다. 큰 회사는 아니지만 30여 년의 연혁과 검증이 된 건실한 건강식품 판매회사라는 것을 깨달았다. 미팅을 마치고 역으로 제안했다. 사업계획서를 만들어 브리핑도 했다. 프랜차이즈 사업기획과 마케팅 전략까지. 마침내 서로의 조건이 충족되어서 하고 있던 소스 부분을 '해물텀벙'에 전수하고 3개월 후 출근했다. 기존 회사의 기획을 하면서 프랜차이즈 법적인 부분, 그리고 각종 매뉴얼 등 시스템을 구축하는 데 6개월 걸렸다. 어느 날 회의에서 대표가 정통 프랜차이즈보다는 프랜차이즈와 방문판매의 장점만을 혼합마케팅으로 제안했고, 지금의 사업모델이 만들어졌다.

2010년 초. 의사, 한의사, 제약회사 대표 등을 모시고 대대적인 사업 오픈 행사를 했다. 처음 전체 기획과 진행 사회를 봤다. 이후 사업은 몇 배 성장해서 2년 만에 300명의 시상 행사까지 진행하는 영광을 갖게 되었다. 영업을 몰랐기에 영업부에서 직접 영업현장을 경험하며 어려움도 많았다. 영업과 사업을 배우며 건강전문가로 거듭나기 위해 치유학 석사 박사까지 취득했다. 지금은 모든 행사프로그램과 진행 그리고 전국에 샵을 총괄하는 전무다. 또한, 내 개인회사를 운영하는 CEO이기도 하다. 이만큼 성장할 수 있음에 항상 감사하며 살고 있다.

많은 사람을 살리는 삶은 멋지다. 누군가에게 꼭 필요한 사람이 되었다는 것 또한 감사하다. 사람들을 상담하면서 터득한 진리다. 나 나름의 답이 바로 '내 몸은 의사가 아닌 내가 관리하고 고치는 것'이다. 무관심하고 무지한 현대인들은 의사의 말만 믿고 평생 약 먹는 것을 당연하다고 생각한다. 내 몸에 맞는지, 내 몸의 부작용은 없는지, 질환의 원인과 치유방법을 한 번쯤 고민해 보면 좋겠다. 내 몸에 맞는 음식을 먹고 생활습관을 지켜 나을 것인가? 병원에서 처방하는 약이나 주사로 증상만 없애고 결국 호미로 막을 것을 가래로 막을 것인가 말이다.

"건강하려면 병원과 약을 버려라."

"원인 없는 병은 없다."

의사가 지은 『의사의 반란』[2]이라는 책이 있다. 현대의학은 질환의 원인 치유가 아닌 증상 완화나 수치 조절하는 데 급급하다. 고혈압, 당뇨, 심혈관질환, 암 등의 원인이 무엇인지를

---

2 신우섭, 의사의 반란. 에디터, 2013

알면 예방할 수 있다. 알고 깨달음의 자각이 필요한 시기이다. 고치지 못하는 병은 없다. 다만 고치지 못하는 습관이 있을 뿐이다. 돈 많은 부자보다는 건강과 마음 부자가 진정한 부자임을 명심하자.

나를 찾아가는 주파수, 417HZ

조숙희

　떠오르는 해처럼, 인생은 여름 바다의 반짝이는 파도 위에 반사된 태양의 빛과 같다. 파도 위에서 반짝이는 찰나의 아름다움으로 가득 차 있다. 해가 떠오르면 새로운 시작과 희망을 의미한다. 찰나의 순간에도 끊임없이 양분을 흡수하고 성장한다. 갑상선암 진단 이후, 내 안의 힘을 알아차리는 것은 깨달음을 얻는 소중한 시간이었다.

　마음속의 거대한 도미노들은 산들바람 정도에도 쓰러질까 위태로웠다. 곳곳에 불필요한 걱정과 두려움의 강한 바람이 불어닥친다. 혼란스러움이 내비친다. 집안의 반사되는 창문, 그

속의 내 모습을 매일 바라보게 된다. 부정하고 싶었다. '나'라는 존재에 대해 거부하고 싶다.

나를 찾아야겠다는 의지만 강할 뿐 방법을 모른다. 태연하게 '그냥 있는 그대로 받아들이면 되지 않을까?' '너무 완벽하게 할 필요 없어. 그냥 암세포까지도 인정하고 사랑해 줘.' 뒤섞인 감정에서 중심을 잡으려 했다. 되도록 편안하게 나를 대해줬다.

거울 속의 나에게 외치며 다짐한다. 나를 제대로 응시하는 것조차 힘들 때였다. 차차 나를 바라보는 것이 덜 힘들어졌다. 세상의 기준을 따르지 않고 나를 바라보겠다고 알아차린 순간이었다.

하루는 어떤 자기계발서에서 '존재하는 모든 것은 이유가 있다.'라는 글을 읽었다. 헤겔은 '현실적인 것은 이성적이고 이성적인 것은 현실적이다.'라고 했다. 현실 속에 존재하는 모든 것은 다 그럴만한 이유가 있다는 것이다. 즉, 우리와 공존하는 현실 속 모든 요소는 원하든 원치 않든 존재 이유가 있다. 부정한다 해도 사라지지 않는다. 운명론이 아니다. 당면한 현실을 인정하고 받아들여야 한다는 것이다. 결국, 세상 모든 존재는 부정할 수 없다. 그 안에서 인정하고 공존하며 함께 살아야 한다. 과정들을 나의 선생으로 생각한다. 세상에서 일어나는 모든 일과 존재들을 의미 있게 받아들인다. 중요한 건 그 이유를 찾으려는 노력이 필요하다는 사실이다. 삶의 무작위적인 사건들도 결국에는 이유가 있다. 그 이유를 이해하는 것이 존재의 본질을 아는 것이다. 존재하는 모든 것에는 어떤 목적과 의미가 있는지 깨어있는 의식의 주파수를 켜고 보게 되었다.

주위를 둘러보면 어떤 사람들은 자신의 겉모습만 탁월하게 부각시키려 한다. 그런 것에서 벗어나 있는 그대로의 나를 격려한다. 신비한 마법의 거울 앞에 서 있는 듯한 기분이었다. 이제는 자가 진단부터 시작해서 내면을 탐험하는 것이 어색하지 않다. 어둠이 가시지 않은 아침이다. 여느 때와 다름없이 따끈한 물에 야채수프와 죽염 한 스푼을 녹인다. 괄사를 들어 머리 끝에서 발끝까지 문지른다. 전신의 림프선을 지압한다. 반사되는 어느 곳이든 좋다. "너는 오늘 어떤 하루를 보낼 거야?"라는 질문에 대답하기 위해 내 몸과 마음의 신호를 잘 듣기부터 시작한다.

이 모든 일이 내면의 주파수를 높이는 데 큰 도움이 됐다. 수술 2주 후부터, 근처 도반이 운영하는 요가 수업에 참여하기로 한다. 마음도 몸의 기력도 없다. 구석 자리를 택해 매트를 펼쳐 냈다. 수련 중에 여태 느껴보지 못한 뜨거운 눈물이 차오른다. 내 몸 깊숙이 얼어있던 부정성의 얼음들이 녹아 쏟아진다. 눈물이 앞을 가려 휘청거린다. 수련의 마무리 등을 대고 눕는다. 있는 그대로 수용한 수련이었다. 마법의 주문처럼 보조개 미소

나를 키우는 힘

가 새어 나왔다.

매 순간 나 자신을 발견한다. 쉽게는 지금 느껴지는 감정, 행위이다. 힘이 자라는 모습을 지켜보는 것은 나를 탐험가로 만드는 과정이다. 달빛 가득한 어느 가을밤, 산책 중 내가 그토록 지겨워했던 상황 속에서 작은 것들에 대해 감사함을 느끼기 시작했다. 달빛 그림자, 작은 풀잎 하나도, 온기를 더할 화목 보일러의 목재 연소 향, 저 멀리 풍겨져 오는 축사의 냄새마저도 소중하다. 내 삶에 존재하는 사람들과의 소통은 내 내면의 주파수를 높이는 데 중요한 역할을 했다. 서로의 아픔과 관계 속에서 오는 어려움을 나누며 함께 웃고, 진심 어린 격려를 주고받았다. 그 순간들은 내게 큰 위로와 힘이 되었다. 이 과정을 통해 내 안의 힘에 더욱 주목하게 되었다. 때로는 그 힘이 희미해 보일 때도 있었지만, 생명력은 끊임없이 솟아오르고 있음을 잊지 않았다. 있는 그대로 받아들이기 시작하면서 내면의 힘이 점차 깨어나는 것을 믿게 되었다. 그리고 그 힘은 서서히 강해져, 언젠가는 세상을 밝히는 거대한 에너지로 변화될 것이다.

내면의 힘을 찾는 여정을 통해, 점점 더 진정한 나를 발견하고 있다. 삶이 주는 모든 순간을 받아들이며, 주어진 경험 속에서 성장하고 배우는 과정 자체가 소중하다. 과거에는 시련을 피하고 싶었지만, 이제는 그것이 나를 더 강하게 만들고 한 걸음 더 나아가게 하는 원동력이 된다는 것을 안다. 어려운 시간을 지나면서도, 나 자신을 더 깊이 이해하고 받아들이는 법을 배우고 있다.

더 많이 나누고 베풀수록, 그 에너지는 다시 나에게 돌아온다. 삶은 끊임없는 순환 속에서 확장되고, 나의 주파수는 점점 더 깊고 넓게 퍼져 나간다. 이제는 불안과 두려움보다 변화와 성장을 향한 기대감이 더 크다. 변화를 두려워하기보다는 그것을 기회로 삼고, 성장을 위한 발판으로 받아들이게 되었다. 시련이 닥칠 때마다 주저하기보다, 그 안에서 내가 배울 점을 고민한다. 그 과정 자체를 소중히 여긴다.

삶을 바라보는 태도가 변했다. 일상의 작은 순간들도 더욱 의미 있게 다가온다. 단순한 대화 속에서도 새로운 깨달음을 얻는다. 자연의 변화 속에서도 삶의 깊은 의미를 발견한다. 과거에는 미처 알지 못했던 것들이 이제는 선명하게 보인다. 관계 속에서도 더 많은 이해와 배려를 실천한다. 주변 사람들에게 따뜻한 에너지를 전한다.

매 순간을 의미 있게 지낸다. 더욱 단단하게 만들어간다. 내 안의 힘은 단순히 외부의 성공이나 인정에서 오는 것이 아니다. 스스로가 걸어가는 길을 신뢰할 때 더욱 강해진다. 삶의 여정에서 더 깊이 사랑하고, 더 넓게 품는다. 더 큰 의미를 창조하는 법을 배워가고 있다.

내면에 정원 가꾸기

황경애

"엄마! 아빠 출장 가셨다고 생각하면 되잖아요!"

초등학교 5학년 둘째 아들이 한 말이다. 그동안 잘 이겨내고 있다고 믿었다. 하지만 내 마음 한 곳에 숨겨진 힘겨움이 드러난 순간이었다. 한참을 아이를 껴안고 울었다. 잘 이겨내 보겠다고 다짐했건만, 현실의 벽은 생각보다 높았다. 시부모님과의 갈등, 사회의 편견, 혼자 아이들을 키우는 여성을 향한 시선 등, 모든 것이 힘겨웠다. 아무렇지 않은 척 힘든 감정을 숨기고 억지 미소를 지어가며 지낸 시간이었다. 지치고 무너질 것 같은 상황에 삶은 버겁기만 했다. 그럼에도 주변 사람과의 관계

속에서 다시 일어설 힘을 얻으며 하루하루를 버텨갔다. 친구들과 아이 친구 부모의 따뜻한 관심과 사랑 덕분에 삶의 무게를 조금씩 덜어내고 있었다. 그렇게 밝은 일상을 찾아갔다.

어느 날, 학부모 회장직을 맡아달라는 제안을 받았다. 몇 번이나 찾아와 나를 설득했다. 처음에는 거절했다. '아이들을 위해서!'라는 말을 덧붙이며 설득하는 순간 나는 흔들렸다. 결국 세 번째 만남에서 선택했다. 아이들만 생각한 결정이었다. 그렇게 학부모회 활동을 시작하면서 아이들과 보내는 시간이 줄었다. 나는 아이들을 위한다는 명목으로 더 많은 시간을 학교 일에 몰두했다. 집중할수록, 힘든 생각들이 사라지는 것 같았다. 내가 맡은 일들은 단순한 봉사가 아니었다. 아이들과 학교, 그리고 지역사회를 위한 일이었기에 더욱 열심히 임했다. 내 존재와 가치를 재발견하는 시간이기도 했다. 더 큰 성과를 위해 용기가 필요했고, 공부도 해야만 했다. 그렇게 나는 대담한 사람이 되어가고 있었다.

학교 일에만 몰두하며 분주하게 뛰어다니던 어느 날! 큰아이가 "엄마! 이렇게까지 하면서 엄마가 얻은 건 뭐예요?" 그 말에 멈칫하고 있는 나를 보며 아이는 다시 말을 이어갔다. "엄마로 인해 아빠가 돌아가셨다는 사실을 친구들이 알게 됐어요. 한 명도 친하지 않은 친구가 없었는데 엄마 때문에 나를 멀리하는 친구들이 생겼어요."라고 했다. 어떤 말도 이어갈 수가 없었다. 아이들을 위한다는 마음 하나로 시작한 건데 아이들의 마음도 모른 채 나는 무엇을 하고 다닌 것인가? 아이들을 행복하게 해주고 싶어서 시작한 일이었다. 그런데 결국에는 아이들에게 상처만 남긴 것이다. 내가 한심해 보였다. 한참을 울었다. 가슴이 아려왔다. 그렇게 아이들과의 관계도 멀어졌다. 아이들은 믿는 만큼 자란다고 하는데 아무리 좋은 의도로 행동했다 하더라도 나는 잘못된 판단을 한 것이다. 아무것도 하지 않아도 아이들은 행복하게 잘 자랐을 것이다. 내가 정해놓은 생각과 프레임에 아이들을 끼워맞추려 한 것이 문제였다. 남에게 보이기 위한 나의 욕심이었다는 걸 뒤늦게 깨닫고 후회를 했다.

야간 자율 학습하랴, 학원 다니랴, 아이들 얼굴 볼 시간이 적었다. 함께 있는 공간은 늘 정적만이 가득했다. 대화를 나눠본 지가 언제인지 기억이 희미하다. 그저 한 공간에서 얼굴 보며 지낼 수 있다는 것만으로도 다행이라고 생각한다. 아이들에게 상처만 남긴 학교 활동은 꺼내고 싶지 않은 기억으로 남아 있다. 다시는 학교 일을 하지 않겠다고 스스로 다짐했고, 아이들과도 약속하며 더는 외부 활동을 하지 않았다. 아이들과 함께 얼굴을 맞대고 소소한 대화를 나누는 시간을 글로 남기며 한 장 한 장 채워가고 있다. 행복한 순간을 위해 마음의 문을 열어줄 아이들을 기대하며 기다리고 또 기다린다. 아이들과 함께하는 시간이야말로 나에게 가장 소중한 시간이며 선물 같은 시간이다.

시간은 빠르게 지나갔다. 어느 주말 이른 새벽 일찍 깨었다. 거실 책장 속 책들이 눈에 들어왔다. 이렇게 많은 책이 있었는지 까마득히 잊고 있었다. 한참을 멍하니 바라보다 한 권씩 꺼내 읽어 내려갔다. 익숙한 제목의 책을 한 권 손에 담았다. 헤르만 헤세의 『데미안』이었다. 중학교 시절 읽었던 책이다. 50이 되어 펼쳐보니 인생의 크나큰 고통을 경험하고 나서 읽은 터라 그런지 공감되는 내용들이 즐비했다. 우리는 우리가 만나는 사람을 통해 성장하고 완성해 간다. 인생에서 만나는 좋은 관계든 나쁜 관계든 모든 만남이 나를 성장시키고 완성해 가는 여정이라는 것을 알게 된 지금 새삼 삶의 본질을 고민하도록 이끄는 책이라는 생각이 들었다.

책을 읽으며 내면 깊이 숨어 있던 나와 마주할 용기를 갖게 되었다. 나를 향한 글도 써 내려갔다. 책들을 한 권씩 천천히 살펴보며 마음에 드는 책들은 내 방 책장으로 옮겼다. 마음에 드는 구절들을 필사해 나가기 시작했다. 눈물이 날 때는 하염없이 울었다. 나 자신을 위로하고 다독이는 시간이었다. 필사하고 있는데 큰아이가 나에게 와서 "엄마! 저도 이 책 한 권 읽어 볼 수 있어요?"라고 물은 적도 있다. 그 책은 바로 이은정 교수의 『인성으로 가슴 뛰는 삶을!』[3]이라는 책이다. 아이들과 함께 읽었던 인성 교육책, 단순한 실천 지침서가 아니다. 우리 가족 모두가 함께 성장하는 자양분이 된 책이다. 인성교육은 아이들에게 가르쳐야 할 가치뿐 아니라 성인들에게도 꼭 필요하다는 교훈들을 발견하게 된 책이기도 하다. 이 책을 통해 아이들과 함께 배우고 성장하며 진정한 우리의 자아를 발견한 시간이 되었다.

이은정 교수에게 오랫동안 배우며 체득한 지혜는 우리 가족에게 커다란 변화를 가져다주었다. 홀로 아이들을 키우며 살아온 긴 시간 중 가장 기억에 남고 행복했던 때를 꼽으라면 바로 이 순간일 것이다. 그분은 내게 "글을 쓰며 나오는 감정은 모두 흘려 내야 치유될 수 있다"라고 말했다. 글을 쓴다는 것이 참 힘든 작업이었다. 가슴이 먹먹해지는 시간이었다. 내 생각을 글로 쓰기까지는 오래 걸렸다. 펜을 들어 매일 아침 남편에게 편지글을 쓰기 시작했다. 글 속에서 지난 시간의 나를 만나며 울기를 반복했다. 눈물로 보낸 시간은 결국 나를 바꾸었고 지금은 매일 아침에도 저녁에도 글을 쓴다. 이은정 교수 덕분이다. 이 장을 빌려 인사를 전한다.

"이은정 교수님, 진심으로 감사합니다."

---

3   이은정, 인성으로 가슴 뛰는 삶을, 창의인성시너지연구소, 2017

무표정 뒤에 감춰진 슬픔과 고단함이 깊은 나였다. 이제 와 회상하니 "그때는 왜 그렇게 살았니?"라고 물어보게 된다. 온전히 표현할 말이 없다. 그냥 "그때는 그랬었다."라고 밖에는. 힘든 나와 마주하기가 두려워 애써 외면했던 시간이었다. 그러나 지금 나는 나를 이해한다. 그건 아마도 내 생각을 글로 정리하기 시작하면서 가능해진 것 같다. 눈물로 얼룩진 노트에는 매일 남편과 두 아이에게 쓴 글들이 빼곡히 남아 있다. 나와 가족의 아픔을 글로 쓰고 읽고 받아들이면서 다시 일어설 힘을 얻었다.

우리는 모두 각자의 상처와 슬픔을 품고 살아간다. 그 슬픔을 드러내고 온전히 받아들이는 과정에서 삶의 본질을 이해하고 성장해 간다. 삶은 때로 감당할 수 없어 보이는 시련을 던지지만, 그 안에서도 스스로가 가진 힘과 가능성을 발견할 수 있다. 중요한 것은 상황이 아니라 그 상황을 대하는 태도이다. 오늘도 책을 읽고 글을 쓰며, 그리고 아이들과의 대화를 통해 내 마음의 정원을 가꾼다. 스스로를 더 깊이 이해하고, 나를 사랑하는 법을 배우며 작은 웃음과 함께 인생을 즐기는 법을 익혀가는 중이다.

3장

도전을 통해 성장하다

음악학원의 새로운 시작

강숙아

1998년 3월. 큰 꿈을 안고, 음악학원을 시작했다. '잘 가르치면 되겠지!' 하는 마음뿐이었다. 하지만, 2000년 초 이명박 정부 시절. 사회적 분위기가 심상치 않았다. 많은 학원이 영어 교육 중심으로 변하거나 새로운 영어 학원들이 생겼다. 음악학원 운영은 점점 어려운 상황이었다. 열정과 꿈을 가지고 시작했지만, 현실은 예상보다 가혹했다. 학생 수는 한명 두명 줄어들기 시작했다. 학원의 재정적 부담은 커져만 갔다. 결국, 학원을 계속 유지하기 어렵다는 결론을 내렸다. 학원을 폐원했다. 그 후, 동네 음악학원 강사로 다녔다.

"여보세요? 혹시! 음악학원 다시 시작해 볼 생각 있으세요?"

한미원 원장님의 전화였다. 학원 운영하면서 가까이 지냈던 분이다. 단호히 거절했다. 그렇지만 오랜만의 반가운 목소리. 근처 A+ 커피숍에서 만나 2시간이 넘는 수다를 떨었다. 건물 바로 앞에는 놀이터도 있고 주변 환경이 좋다며 다시 한번 생각해보라고 권유했다. "학원 실패 경험이 있어서 다시는 운영하지 않을 거예요. 두 번 다시 그 이야기 하지 마세요!" 똑 부러지게 말했다. 그렇지만 마음속에서는 '다시 해볼까!'라고 속삭였다.

이후 출퇴근 길에 학원 주변을 살폈다. 놀이터가 바로 앞에 있었다. 위치는 그리 나쁘지 않았다. 신중해야 했다. 다시 시작하기엔 초기 비용조차 없었으니까.

2011년 8월 16일, 학원 계약하고 오픈했다. 두 번째다. 직장을 다니고 있었다. 당장 그만둘 상황이 아니라 강사 1명을 고용했다. 학원 운영 실패 후 다시 도전하는 것은 생각보다 쉽지 않았다. '맨땅에 헤딩'이라는 말이 있다. 지인들에게 알렸다. 학생 수가 좀처럼 늘어나지 않았다. 1년 동안 학원에 등록한 학생 수는 고작 2명. 1명은 단골집 딸, 다른 1명은 강사 선생님의 조카였다. 그렇게는 도저히 학원을 운영할 수 없었다. '일을 벌인 사람은 내가 아닌가!' 결국, 직장을 그만두고 학원 운영에 전

나를 키우는 힘

넘기로 결심했다. 매일 학생들의 진도 상황을 파악하고, 학부모들과의 소통을 위해 노력했다. 운영은 물론, 피아노 수업과 차량 운전까지 1인 3역을 했다. 1년 후 11명, 2년 후 22명이 됐다. 학생들을 유지하고 싶었다. 첫 정기연주회를 열었다. 학원을 알릴 좋은 기회라고 생각했다. 준비 과정에서 많은 것을 배웠다. 동시에 학원의 홍보 효과도 기대했다. 물론 첫 연주회 준비는 험난했다. 다양한 활동들을 보여주기 위해 소품들을 직접 만들었다. 합주 연습할 때는 학원이 비좁아서 학년별로 나누어서 연습시켰다. 그 과정에서 학생들과 학부모들은 학원을 신뢰했다. 서로에게 유대감을 가질 수 있었다. 연주회는 성공적으로 끝났다. 그 후 학원생은 점점 늘어나기 시작했다.

"살려주세요!" "왜요? 무슨 일 있나요?" "경찰들이 나를 잡으러 왔어요."

학원 문을 닫고 나가려는데 누군가가 등 뒤에서 옷자락을 잡고 애원한다. 순간 머리카락이 위로 '쭈뼛'하고 섰다. 정신 차리고 보니 2층 주인집 여자였다. 파란색 점멸등이 깜박거린다. 경찰차가 보였다. 경찰들에게 다가가서 이유를 물었다. "아무 일 아니에요. 걱정하지 말고 일 보세요." 그래도 그냥 갈 수 없었다. 다시 물었다. 아동학대 신고가 들어와서 순찰차 점검 나왔다고 했다. 2층 여자가 가끔 아이를 때려서 신고가 들어갔다는 것이다. 경찰관이 그냥 들어가라는 말에 학원 문을 잠그고

급하게 우쿨렐레 실기 시험장으로 향했다.

그 일이 있기 이전까지 그녀랑 문제없이 지냈다. 그날 이후로 태도가 달라졌다. 당장 학원을 빼라고 했다. 도저히 믿기 힘든 상황이었다. 나중에 알고 보니 이전 학원장도 그녀가 나가라고 했다는 것이다. 학원 점포를 여기저기 알아보고 다녔다.

"무얼 배우러 오셨나요?" 어느 날 60대로 보이는 남성이 학원 앞에 서성거린다. 집 구조를 보러 왔다고 했다. 자초지종을 물었다. 집주인이 경제난으로 인해 집을 계약했다는 것이다. 열정을 다해 운영하고 있었는데 갑자기 불길한 생각이 들었다.

얼마에 계약했는지 궁금했다. 건물을 사고 싶다는 마음이 간절했다. 계약 금액에서 2천만 원을 더 주고 사겠다고 했다. 남편 돌아가고 아들, 딸 돌보느라 통장에는 돈이 없었다. 겨우 집세를 저금하는 정도였다. 어디서 그런 용기가 생겼을까.

건물은 내 편이 되어주었다. 다음 날 그에게서 전화 왔다. 건물을 계약할 마음이 있냐고. 언니한테 부탁했지만, 거절했다. 지인들 모두 같은 반응이다. 이유인즉슨, 돈이 없었기 때문이었다. 지금 생각하면 꿈만 같다. 나의 간절함에 형부가 긍정적으로 반응했다. 전체금액에서 반은 형부한테 빌리고 반은 농협 대출받았다.

코로나19 상황, 다른 학원들은 문을 닫을 때 확장 이전 했다.

　　　　　　　　　　　　　　　　　　나를 키우는 힘

학생 수 2자리에서 3자리 수가 될 만큼 성장했다. 학원 운영하면서 실패를 두려워하지 않았다. 실패는 삶에서 피할 수 없는 경험 중 하나다. 실패한 경험에서 배우려고 노력했다. 실패를 통해 더 강해지고, 더 나은 방향으로 나아갈 수 있었다. 그 경험들이 큰 힘이 되었다. 학생 수가 두 명이던 때를 떠올리며 웃을 수 있게 된 것도 그 덕분이다. 실패를 두려워하지 말자. 실패는 피할 수 없는 경험이지만, 이를 어떻게 받아들이고 극복하느냐가 중요하다. 간절하면 이루어진다. 결국, 실패는 중요한 교훈을 안겨준다. 실패 속에서 배우며 성장하는 것. 그것이야말로 진정한 성공의 열쇠가 아닌가!

마법의 커피, 바리스타, 영어

박하

　　제주에 카페 열풍이 불었다. 1인 소형 카페에서 기업형 대형 카페에 이르기까지. 카페를 샅샅이 찾아다녔다. 커피를 마시며 맛을 음미하던 시절이 있었다. 언제부턴가 산미나는 커피에 빠져들었다. 산미가 높은 에티오피아 커피를 좋아한다. 베트남에서 세계적인 명성을 떨치는 위즐 커피도 마셔보았다. 각각의 풍미와 맛을 뽐낸다. 내 일과는 커피를 내리는 일로 시작된다. 핸드 드립커피는 살아있다는 온기를 느끼게 해준다.

　　　　　　　　　　　　나를 키우는 힘

커피는 하루의 시작을 알리는 루틴이다. 내 삶에 에너지를 불어넣어 주었다. 피곤한 오후의 나른함과 지친 몸에 활기를 넣는 마법을 부린다. 그렇게 커피와의 인연은 시작되었다. 제대로 커피를 배워보고 싶은 마음이 일렁였다. 곧바로 배움 카드를 신청했다. 제주시의 지원을 받아 바리스타 자격증을 따러 다녔다. 처음엔 할 수 있을까 하는 두려움이 앞섰다. 바쁜 내게 찾아온 소중한 기회였다. 왜냐하면 언젠가 북카페를 열고 싶은 계획이 있었기 때문이다.

바리스타 자격증은 긴 수료 과정이 필요했다. 집에서 거리도 멀었다. 마흔 끝자락의 나이에 쉬운 일은 아니었다. 더욱이 일까지 병행하다 보니 체력적으로 힘에 부쳤다. 실습을 끝내고 온 날에는 지쳐 쓰러졌다. 다행히 카페에서 커피를 내려본 경험이 도움이 되었다. 기계를 다루는 데 두려움은 없었다.

시험 날이 다가오던 날, 갑자기 전화기가 진동했다. 수업 중에는 전화를 받지 않았다. 육감적으로 이상한 기운이 감돌았다. 전화를 받아보니 다짜고짜 무례하게 말을 했다. "차가 부서졌으니, 나와 보라."는 것이다. 이게 무슨 날벼락이지 하고 마음이 조급해졌다. 조장에게 사정을 알리고 밖으로 달려 나갔다. 범퍼가 망가졌다. 차의 형체도 알아볼 수 없었다. 이게 내 차가 맞나 하는 의심이 들었다. 기가 막혀서 아무 말도 나오지 않았다. 넋을 잃은 채 멍하게 서 있었다. 차마 눈을 뜨고 볼 수 없었다. 큰 트럭이 밀어 버린 것이다. 미안하다는 말 한마디도 없었다. 술을 마신 듯한 어투로 다짜고짜 "재수 어신 날 이랜 생각 합써."라고 말했다. 내 몸이 뜯겨나간 것처럼 힘이 다 빠져버렸다. 쓰러질 것 같은데 애써 버티고 서 있었다. 그때 조장님과 동료 바리스타 수강생들이 우르르 몰려왔다. 망연자실해 있는 나 대신 화끈하게 쏘아붙였다. "사과를 먼저 하셔야죠. 차를 이 지경으로 만들어 놓고는 어떻게 그런 식으로 말을 합니까?" 마치 정의의 사도 같았다.

고마움과 속상함이 교차했다. 도저히 마음을 진정시킬 수가 없었다. 이게 무슨 일인가 하는 놀라움뿐이었다. 시험을 코앞에 두고 왜 이런 일이 생겼는지 원망도 했다. 엎친 데 덮친 격이었다. 끝나면 곧장 학교로 수업하러 가야 하는데 걱정부터 앞섰다. 보험에 알리고 렌터카를 준비해 달라고 했다. 상심한 채 어렵게 발걸음을 옮겼다. 번잡한 지역이라 주차하기가 매우 어려운 곳이었다. 다니기가 여간 불편한 것이 아니었다. 중간에 포기해버릴까 하는 생각도 엄습해 왔다.

액땜으로 여기기로 마음먹었다. 유연한 사고를 하자! 중도 포기할 수 없다는 굳은 신념이 되살아났다. 침착하게 실습을 이어 나갔다. 속상했지만 차분하게 다스렸다. 끝까지 해낼 수 있다고 자기 체면을 걸었다. 차가 수리될 때까지 하루도 빠지지 않았다. 흔들리지 않고 연습했고, 마침내 당당하게 합격했다. 울컥했다. 얼마나 값진 영광의 순간인가. 일하면서 시간 쪼

개가며 결석 없이 다닌 덕분이었다.

처음에는 힘들고 어려워 도저히 해낼 수 없을 것 같았다. 시간이 지날수록 불안했다. 실습하는 동안엔 손도 떨리고 긴장도 많이 되었다. 차까지 아수라가 되면서 충격을 받았다. 포기하지 않고 꿋꿋하게 해냈다. 그야말로 값진 바리스타 자격증이었다. 미래를 준비하는 열정만은 막을 수가 없었다. 언젠가 북카페를 열어 멋지고 우아하게 커피를 내리는 모습을 상상해 보았다. 엷은 미소가 입가에 맴돌았다.

'시련 없이 이루어지는 일이란 없다.'라는 말이 있다. 내게도 이겨내기 힘든 과정이었다. 심리적으로 육체적으로 고단하고 지쳐 있었다. 이를 극복해냈고 부쩍 성장할 수 있었다. 자격증을 따자마자 선견지명과 같은 일이 찾아왔다. 친한 언니가 운영하는 카페에 오전만 바리스타로 일해 달라는 것이었다. 학교 가기 전에 잠깐 와서 커피만 내리면 된다고 했다. 갓 나온 따끈따끈한 자격증이 쓰임새가 있었다. 바리스타로 첫 출근을 하게 되다니! 설레는 마음 가득했다. 하얀 남방에 검정 바지를 입고 커피를 내리는 모습이 사뭇 멋져 보였다. 조금씩 발전하는 나를 발견했다. 참으로 열심히 살았다. 열정 덕분에 바리스타로서 명분이 생겼다. 슬기롭게 잘 해내었다. 모든 경험이 배움의 연장선이었다. 카페에서 직접 일해 보는 기회라니. 쉬지 않고 꾸준히 배웠다. 손도 빨라지고 커피 머신기를 다루는 솜씨는 날로 능숙해져 갔다. 익숙해지고 속도가 붙었다. 마법의 바리스타가 되었다. 인내와 끈기로 이루어 낸 값진 경력이었다.

　또한, 쉬지 않고 영어 공부를 시작했다. 바리스타가 되면 커피에 대한 진심을 영어로 유창하게 이야기하고 싶은 꿈이 있었다. 작은아들이 호주로 가면서 소개해준 영어 선생에게 꾸준히 배우고 있다. 사람들은 너무 늦었다고 핑계를 댄다. 영어 공부는 하기 나름이다. 나에겐 꾸물거릴 시간이 없다. 뭘 하기에 늦은 나이란 없는 법이다. 외국어는 정말 어렵고 힘들지만 모든 일에는 고비가 있다. 이것만 잘 넘기고 나면 재미가 따라붙는다. 포기하지 않으면 되는 것이다. 끝없는 배움과 성장! 인생의 보배라 할 수 있다.

　외국 여행하며 영어로 유창하게 커피 한 잔을 주문하겠지. 한적한 카페에서 주인과 담소를 나눌 것이다. 세상 행복한 미소를 짓게 될 나를 떠올려 본다. 현지인들과 커피를 마시며 영어 인사말을 주고받는다. 행복한 웃음이 떠나질 않는다. 자유자재로 하고 싶은 말을 영어로 하다니. 쉬지 않고 꾸준히 해낸 노력 덕분이리라! 오늘도 성장해 나가고 있는 멋진 나의 인생. BRAVO MY LIFE!

은퇴 후에는 뭘 하며 살지?

시냇물가

　　많은 직장인이 불안해합니다. 정년까지 다닐 수 있을까? 퇴직하면 뭘 하며 살지? 이런 고민을 하고 삽니다. 대부분 그러다 말지만요. 일부만 대안을 궁리하며 찾아내죠. 하지만 그들 모두가 행동하지는 않습니다. 과거를 후회합니다. 오늘 행동하지 못하는 자신을 핑계와 합리화로 위로합니다. 내년에 정년입니다. 몇 년 전부터 고심하고 있습니다. 퇴직금을 순식간에 날려버린 주변의 지인들을 가끔 봅니다. 자본을 들여 무엇을 한다는 것이 두렵습니다. 자본 없이 할 수 있는 일은 없을까? 아무리 생각해봐도 전문자격증이 답입니다.

"손해평가라니요? 그게 뭐죠?"

마라톤 동호회원 결혼식장에서 대학 선배를 만났습니다. 요즘 근황을 물어보니, 손해평가사 일을 한답니다. '농작물재해보험'에 가입한 농민에게 재해로 피해가 발생하면 그 손해를 평가하는 일입니다. 전국 농촌이 대상이죠. 재해가 집중되는 특정 계절에만 일합니다. 귀가 솔깃했습니다. 자연에 대한 관심이 많고, 움직이기를 좋아합니다. 당연히 관심이 쏠렸지요. 손해평가사에 대해 알아보기 시작했습니다. 시험의 난이도, 합격률, 전망 등. 많은 정보를 수집해서 정리했습니다. 시험은 2차까지 있으며, 최종 합격률이 평균 13% 정도입니다. 자격증 취득에 약 2~3년. 4년 이상 걸린 사람도 있습니다. 드물지만 직장을 다니면서 1년 안에 1차와 2차를 함께 패스하는 사람도 있습니다. 소득은 5개월 정도 일하면 약 삼천만 원 정도. 비교적 고소득이죠. 나머지 기간은 다른 것에 시간을 활용할 수 있습니다. 도전해 볼 만한 자격증입니다. 막상 시작하려니 망설여집니다. 직장 재직 중이라 시간 확보가 문제였죠. 휴일은 당연하고 출퇴근 시간, 잠자는 시간 외 모든 시간을 투자해야 합니다. 그렇게 한다 해도 어려운 시험입니다. 포기해야 할 것들이 많습니다. 취미 생활, 지인과의 술자리 등 일상의 행복을 잠시나마 멈춰야 하죠. 차일피일 미루다 보니 마음속에 부정적인 생각들이 일어납니다. 꼭 해야 할까? 할 수 있을까? 없던 핑계

나를 키우는 힘

들이 많아졌습니다.

　어느 날 송년회에서 은퇴한 선배들을 보니 정신이 번쩍 들었습니다. 허름한 옷차림, 생기와 활력이 없는 무기력한 모습. 확 늙어버린 것 같습니다. 안타까웠습니다. 미래의 나의 모습일지도 모른다는 생각에 아찔해집니다. 다 그런 분들만 있는 건 아닙니다. 하지만 특별한 일 없이 소일하는 선배들의 모습은 별반 다르지 않습니다. '은퇴 후에도 하는 일이 있어야겠다.'라는 생각이 머릿속을 채웁니다.

　돌아오는 길에 다짐합니다. '나는 그렇게 살고 싶지 않아. 그렇게 살지 않을 거야. 은퇴는 끝이 아니라 또 다른 시작이야.' 마음이 간절해졌습니다. 미뤄두었던 손해평가사 공부가 생각났습니다. 해야만 하는 이유가 더 많아졌습니다. 그런 모습으로 살아간다는 게 너무 끔찍했으니까요. 살아있되 죽어있는 것만 같았습니다. 더는 미룰 수 없었지요. 공부를 위해 시간을 확보해야 했습니다. 업무 외 개인적인 약속은 물론이고 꼭 해야 하는 일 외에는 과감하게 정리했습니다. 해야 할 일들도 중요도에 따라 우선순위를 따졌습니다. 출퇴근 시간도 활용하고요. 본가와 주변에 양해를 구하고 명절도 반납했습니다. 공부해야겠다고 결정했습니다. 꿈과 목표가 얼마나 간절하고 큰지에 따라 행동이 달라집니다. 무리라고 생각되었지만, 1년 이내에 합격하는 것을 목표로 모든 걸 뒤로 하고 공부에 집중했습니다.

1월 초부터 동네에 있는 도서관에서 공부했습니다. 대학 졸업 이후 도서관에 가 본 적도, 책상에 앉아 본 적도 없습니다. 금방 좀이 쑤시고 졸렸습니다. 정신없이 졸다가 정신 차리지만, 그것도 잠시 곧 방아깨비같이 고개가 떨구어집니다. 도서관 밖에 작은 공원으로 나갔습니다. 찬 바람을 쐬고, 스트레칭도 해 보지만 머릿속에 잘 들어오지 않습니다. 적응이 되지 않으니 공부하기가 힘듭니다. 한동안 이런 상황이 계속됩니다. 마음가짐이 흐트러지고 자신감도 떨어집니다. 짜증이 납니다. 옆자리에서 중국어 공부하시던 할아버지가 말씀하십니다. "하지 않던 공부를 하면 처음엔 다 그래요. 하다 보면 적응되더라고요. 길게 보세요." 부끄러웠습니다. 이제 시작한 지 얼마나 되었다고.

자신에게 물었습니다. '이 공부가 정말 간절해? 응. 그렇다면 대가를 치러! 세상엔 공짜가 없어. 해야 할 일을 오늘도 꾸준히 하는 거야.' 공부는 머리로 하는 게 아니라 엉덩이로 한다고 합니다. 그렇습니다. 오랫동안 반복할 수 있는 인내와 끈기가 좌우합니다. 머리가 아닙니다. 인내와 끈기는 꿈과 목표가 얼마나 간절한가에 따라 달라집니다. 차차 적응되어 갔습니다. 공부 진도가 나가기 시작했습니다. 1차는 3과목 객관식, 2차는 2과목 서술형 및 계산 문제입니다. 2023년에는 1차가 6월 초, 2차가 8월 말에 있습니다. 여러 합격 수기를 봤습니다. 2차를 먼저 준비하고 나중에 1차를 준비하라는 전략이 대부분입니다. 그 전략을 택했습니다. 1차 과목 중 농학 개론은 아주 생소한 과목입니다. 복잡한 조건으로 출제되는 계산 문제와 서술형으로 구성되는 2차는 쉽게 적응되지 않습니다. 새벽 5시에 일어나 첫 전철을 타고 출근해서 업무가 시작되는 9시까지 공부, 퇴근해서 10시까지 도서관에서 공부하는 루틴을 몇 달째 계속했습니다. 공부하기 싫어지고 의지가 약해질 때마다 Why를 떠올렸습니다. 닮고 싶지 않은 선배들, 미래의 라이프 스타일 등. 힘들 때마다 수없이 추스르며 공부하다 보니 1차 시험일이 목전입니다.

한 달 후, 발표된 1차 결과는 과락 없이 평균 75점으로 여유 있게 합격. 하루 정도 숨 돌리고 바로 2차를 준비했습니다. 2차는 계산 문제 비중이 높아 문제풀이를 수없이 반복해서 숙달해야 합니다. 거의 기계적으로 풀 수 있도록. 항상 시간이 모자란다는 수기가 대부분이거든요. 잠깐이라도 집중하지 않으면 계산값이 삼천포로 빠집니다. 소수점 몇째 자리 반올림, 눈에 띄지 않는 조건 제시 등. 매 순간 집중이 관건입니다. 초긴장의 연속이었습니다. 공부가 지긋지긋해졌고, 친구들과의 술자리가 그리웠습니다. 그럴수록 이를 악물었습니다. '이런 공부를 또 할 순 없어. 올해 반드시 끝장을 봐야 해.' 다짐하고 다짐했습니다. 올해 반드시 1차와 2차를 같이 패스하겠다고.

2차 시험 당일 날. 시험 종료 벨이 울릴 때까지 집중했습니다. 미련 없이, 후회 없이 마지막 땀 한 방울까지 쏟았습니다. 홀가분했지만 초조했습니다. 결과발표 당일 날 아침, 카카오톡이 울립니다. 무심코 핸드폰을 봤는데 간절히 기다리던 문자. 'ㅇㅇㅇ님! 합격을 축하합니다. 수고하셨습니다.' 순간 나도 모르게 외쳤습니다. "하나님! 감사합니다."

정말 간절히 원하십니까? 바로 도전하고 시작하십시오. 물론 어떤 일을 시작하다 보면 문제와 핑계가 생기기 마련입니다. 괜찮습니다. 이루고 싶은 간절함이 상황과 문제보다 크면, 극복 가능한 힘이 생깁니다. 그러니 포기하지 마세요. 오늘 해야 할 일을 꾸준히 하다 보면 결과는 시간문제입니다. 여러분의 간절한 꿈을 응원합니다. Just do it!

나를 키우는 힘

미술학원에서, 숲속 어린이집으로

양정숙

　　세 살 버릇 여든 간다는 말이 있습니다. 진정으로 사랑받는 아이는 평생 그 사랑을 간직한다는 것을 의미합니다. 사랑이 있는 아이는 행복한 아이입니다. 이런 아이는 강하고 자부심이 있으며 목표를 성취하는 어른으로 성장해 나갑니다. 아이들은 잠재력이 가득한 씨앗과 같으니까요. 내가 하는 모든 말, 포옹, 교훈은 아이들이 어떤 사람이 될 것인가를 결정해 줍니다. 아이들을 가르치는 것은 그들의 마음을 지식으로 채우는 것만이 아닙니다. 따뜻한 마음을 키우고, 호기심을 불러일으키고, 자신감을 키워주는 것입니다.

어렸을 때 교회를 다닌 적이 있습니다. 유치부 교사를 짧게 한 기억이 나지만, 그때 다녔던 기관의 이름은 기억나지 않습니다. 하지만 제 마음속에 생생하게 남아있는 한 가지 경험이 있습니다. 고아원에서 자원봉사를 했던 것입니다. 그날이 제 안의 무언가를 바꾸었습니다. 부모가 없는 아이들을 보고, 그들의 순진한 미소를 지켜보면서, 커다란 목적의식을 느꼈습니다. 저는 언젠가 보육원에서 교사가 되고 싶다고 생각했습니다. 따뜻함과 사랑으로 아이들을 돌볼 수 있는 사람으로요.

시간이 흐르면서 삶은 나를 다른 방향으로 이끌었지요. 고아원을 다시 방문하진 않았지만, 아이들에 대한 사랑은 사라지지 않았습니다. 대신, 결은 다르지만 보람 있는 길을 걷고 있습니다. 바로 미술학원 선생님이 되었지요. 가르치기 시작한 순간부터, 내가 올바른 자리에 서 있다는 것을 알았습니다. 단순한 직업 이상이 되었거든요. 아이들과 소통하고, 그들의 창의성을 키워주고, 자신을 자유롭게 표현할 수 있도록 도와주었습니다. 나의 나날을 기쁨과 감사로 가득 채웠어요. 그때나 지금이나 아이들을 바라보는 마음은 행복하고 즐겁습니다. 매일 오전에는 학원에서 유치부 아이들을 가르쳤고, 오후에는 초등학교와 중학교 학생들을 지도했습니다. 일정은 항상 **빡빡**했고, 하루가 어떻게 지나갔는지 모를 정도였지요. 그 많은 아이를 한 명 한 명 기억하려 하지 않아도 고스란히 머릿속에 저장되었습니다.

나를 키우는 힘

교실을 넘어, 부모와 소통하는 것을 우선순위로 삼았습니다. 교사와 부모가 함께할 때 아이의 성장을 효과적으로 지원할 수 있다고 믿었기 때문입니다. 지식을 전달하는 것뿐만 아니라 아이들을 인도하고, 격려하고, 교육하는 것은 부모와 교사가 함께할 때 더 강력해지니까요.

아니나 다를까, 새로운 도전에 직면했습니다. 원이 계속 성장함에 따라 오전에 유치부를 받을 공간이 작다는 걸 인지했습니다. 학원의 유치부는 오전에 교실을 사용했고, 초등학교와 중학교 학생들은 오후 시간에 같은 공간에서 수업했습니다. 아이들이 더 넓은 공간에서 공부할 수 있는 꿈을 꿨습니다. 어느 날, 남편이 회의에 참석하고 집에 돌아와 흥미로운 이야기를 했습니다. 정부에서 어린이집을 짓는 걸 지원하는 사업이 있다는 걸 들었다고 하더라고요. 처음에는 그저 일상적인 대화로만 여겨졌지요. 아무 생각 없이 우리도 하면 좋겠다며 이야기를 나눌 뿐이었죠. 하지만 그 작은 정보가 우리 삶에 씨앗을 심어주었습니다. 그때부터 우리는 '더 좋은 교육 장소를 아이들에게 제공하자.'라는 목표를 정했습니다. 그렇게 어린이집 짓기를 계획하고 실행에 옮겼습니다.

그때만 해도 가진 돈이 없었습니다. 아파트 소유가 전부였죠. 아파트 가치보다 더 많은 대출을 받아 부지를 계약하고 어린이집을 지었습니다. 아직 아스팔트도 깔리지 않은 비포장도

로에다 외진 곳이었습니다. 무모한 도전이라고 주위에서는 수군거렸지요. 어디서 아이들을 데리고 올 건지 모두 의아해했습니다. 오로지 뜻은 하나였죠. '아이들에게 좀 더 좋은 공간을 제공해 주자!' 기존의 미술학원에서 새로 지은 어린이집까지는 30분 정도 거리였습니다. 당시 150명 되는 유치부 아이들이 모두 새로 지은 곳으로 옮겨왔지요. 부모들은 멀다 소리 한마디 없었습니다. 더 좋은 장소로 옮겨서 감사하다며 한 명도 빠진 원아가 없었습니다. 놀라운 성과였어요.

주변에 변변한 아파트 하나 없었습니다. '어디서 저 많은 아이를 데리고 오는 거지?…….' 문방구 사장님도 놀라셨습니다. 그렇게 2년 정도 지났습니다. 주변에 아파트가 생겼고 많은 아이가 모였습니다. 그곳에서 10년 정도 운영하면서 또 다른 꿈을 펼쳤습니다. '아이들에게 자연을 접하게 할 수 있는 공간을 만들어주자!'

'경험만 한 교육은 없다.' 원의 운영 철학입니다. 아이들을 자연과 접하게 해주고 싶었습니다. 계양산 솔밭길, 텃밭 등을 자주 찾아다녔습니다. 문을 열면 바로 숲으로 나갈 수 있는 '숲속 하얀 어린이집' 생각을 계속하게 되었습니다. 지나친 욕심이었을까요? 그러던 차에 남편의 건강상 이유로 원을 잠깐 접게 되었습니다. 아이들은 중국에서 유학 중이었습니다. '아이들이 있는 중국으로 갈까?' 고민도 했습니다. 하지만 내가 잘 할 수 있는 일은 이 일밖에 없었습니다. 다시 부지를 알아보고 원을 짓게 되었습니다. 과정마다 어려움은 말할 수 없이 많았지요. '다 잘 될 거야!'라는 믿음으로 어려운 순간을 지나왔습니다.

새로 지은 원에서 100미터 근처에 낮은 야산이 있었습니다. 동네 쓰레기장이었지요. 관리하는 사람이 없었습니다. 우리 부부는 주말마다 주변을 정리하고 아이들이 오르내릴 수 있는 길을 만들었습니다. 아이들이 탐험할 수 있는 안전하고 매력적인 장소를 위해서요. 아이들은 숲에 나가 노는 걸 좋아했습니다. 우리가 만든 길을 걷고, 신선한 공기 속에서 숨 쉬고, 뛰어놀고, 자연의 기쁨을 받아들였습니다. 모든 노력이 가치가 있었습니다. 4년 동안, 그 공간은 아이들이 자연과 연결되고, 마음을 사로잡았고, 즐길 수 있는 소중한 공간이 되었습니다. 숲 바로 아래 땅을 분양받아 다시 원을 지어 이전했습니다. 2013년 4월. 꿈에 그리던 숲속 어린이집을 개원했습니다. 문을 열면 숲으로 나갈 수 있는 어린이집!

이 모든 건 간절한 소망에서 비롯되었습니다. 아이들에게 사랑으로 인도되는 최고의 교육을 제공하고자 하는 바람이었지요. 꿈을 꾸면 이루어진다는 말이 있습니다. 아이들은 땅을 밟고 마음껏 뛰어놀아야 몸도 마음도 건강해집니다. 친구들과 뛰놀면서 서로를 알아가고, 다름을 인정하고, 함께하는 즐거움을 배워갑니다. 숲속 어린이집은 자연을 닮아 행복하고, 자유로움 안에서 자기 주도적인 아이로 성장할 수 있도록 돕는 행복한 교육기관이 되어줄 것입니다. 자유, 친절, 경이로움 속에서 자란 아이는 자연스럽게 자신을 주도하고 행복한 사람으로 우뚝 설 것입니다. 그것이 가장 아름다운 교육의 힘이 아닐까요?

대충 살지 않고, 인생의 전략을 세우다

이미자

　경제적 독립을 원했다. 일을 시작했다. 롤러코스터를 타는 것처럼 오르락내리락! 아들 둘을 키우며 일을 하기란 쉽지만은 않았다. 특히 둘째 아들이 열 경기를 한다. 어린이집에서 갑자기 열이 올라 의식을 잃어서 병원에 간 적이 있다. 선생님과 아들에게 미안했던 것이 두고두고 생각난다. 일상의 반복이었다. 어린이집에서 하원 후 밥 먹이고 씻기고 책을 읽어주다가 먼저 졸기도 하고, 다 재워 놓고 일과 공부를 하느라 밤을 지새우기 일쑤였다. 첫째 아들이 화장실에 가려고 일어났다가 "엄마, 뭐해요? 왜 아직 안 자요?", "엄마, 숙제해! 어서

자!!" 그렇게 세월을 보냈다. 감사한 것은 아이들을 키우며 내가 좋아하는 일을 병행할 수 있다는 것이다.

남들이 보기에는 문제가 없어 보이는 사이좋은 부부다. 그러나 알 수 없는 다름에서 오는 부부 갈등은 늪과 같았다. 늪에 빠질 때마다 '왜 이렇게 사는 걸까?', '이렇게 계속 살아야 하는 걸까?' 특별한 답은 없었다. 그냥 '나'보다 '두 아들의 엄마'라는 무게가 더 무거웠다는 말밖에는……. 안되는 것을 되는 것으로 바꾸기보다는 되는 것을 찾기로 했다. 그 과정에서 Virtues Project를 만났다. 내 인생의 터닝 포인트가 되었다. 미덕(Virtues)은 우리 내면에 있는 최상의 가치이자 인류의 보편가치로 누구나 연마할 수 있다. '모든 사람의 인성의 광산에는 모든 미덕의 보석이 박혀 있다.'를 강조한다. 인간으로서 가져야 할 52개의 덕목을 발견하고 발현하는 과정을 통해 좋은 성품을 가지게 된다. 5가지 전략과 52개의 카드를 활용한다. 나의 삶에도 적용하며 나의 보석을 발견하고 발현하기로 했다.

1전략은 '미덕의 언어'를 사용한다. 긍정의 언어를 통해 긍정적인 사고를 하는 것이다. 나의 언어가 바뀌면 태도가 바뀌고 태도가 습관이 되어 삶이 바뀐다. 할 어반은 『긍정적인 말의 힘』[4]에서 '천사와 악마의 차이는 모습이 아니라 그가 하는 말에 달려 있습니다.'라고 말했다. 나의 말을 바꾸기로 했다. "엄마는 영웅, 재웅이가 있어 정말 행복해!", "우리 아들들은 소중한 사람이야!" 아이들에게 존재에 대한 긍정의 표현을 했다. 아파트에서는 층간 소음으로 늘 긴장을 하게 된다. 남자아이 두 명이 어찌 뛰지 않고 지낼 수 있을까? "아들아, 너도 모르게 막 뛰어가게 되지? 몸이 빨라서 그런 거지, 그런데 저녁 8시 이후에는 아래층 분들을 배려해야겠지? 엄마 이야기를 잘 경청해 줘서 고마워!" 인교감(인정-교정-감사) 기법을 활용했다. 아이들의 행동이 바뀌었고, 나도 조금씩 변화하기 시작했다. 남편에게도 긍정의 시선으로 감사를 전하고 원하는 것을 표현했다. 관계가 서서히 회복되었다.

2전략은 매 순간을 '배움의 순간'으로 인식하는 것이다. 어떤 상황에서든 역경이 경력이 되듯 나를 성장시키는 순간으로 인식한다는 것이 매력적이다. '이번에 내가 배울 점은 무엇이었을까?' 힘든 일이 있을 때마다 수천 번 수만 번을 되물었다. 믿었던 이에게 사기를 당한 적이 있다. 낙망이 될 때 '돌다리를 두드리지 않은 이유가 무엇일까?', '나는 왜 그렇게 물어보지 않았을까?', '왜 그때 남편 말을 듣지 않고 계속 진행했을까?' 인생

---

4   할 어반, 긍정적인 말의 힘. 번역 박정길, 엘도라도, 2006

등록금을 톡톡히 치르며 조금씩 안정된 삶을 살고 있다. 사기는 우리 가족에게 치명적인 경제적 손실과 사람들에 대한 불신감을 초래했다. 나의 연민과 교만함으로 사기를 당해 놓고 믿을 사람이 없다고 외부 탓을 했던 거다. 문제를 내 안에서 찾기 시작했다. 어려운 시간을 보내며 배웠다. '돌다리도 두드려 보고 건너자.'

3전략은 삶의 우선순위를 세워 '미덕의 울타리'를 정한다. 나를 보호하고 타인을 존중하는 전략이다. 벼락치기의 달인인 나는 미루기도 하고 후딱 해내기도 한다. 또 거절을 잘 하지 못해서 미룬 경험이 있었던 내게 꼭 필요했다. 거절 지혜롭게 하기, 우선순위 정하기, 울타리 안에서 온전히 나와 타인을 보호하는 전략이었다. 다른 사람 위로하다가 할 일을 하지 못했었다. "지금 저녁 준비해야 하는데, 혹시 2시간 뒤에 통화해도 될까?"라고 말할 수 있게 되었다. 모든 상황에서 우선순위를 정하고 나니 삶이 단순해졌다. 관계도 편안해졌다. 불편해서 거절하지 못하는 이들에게 말하고 싶다. '거절해서 나를 싫어하는 사람이라면 원래 나를 좋아하지 않는 사람이니깐 굳이 그에게 맞출 필요는 없다.'라고. 나를 사랑하고 존중할 때 타인도 사랑하고 존중할 수 있음을. 그렇게 나를 보호하는 울타리의 영역을 만들어갔다.

나를 키우는 힘

4전략은 '정신적 가치를 존중하는 삶'으로, 나의 영혼을 돌보고 나의 에너지 충전을 위한 가치 있는 일들을 지향하는 삶을 사는 것이다. '열심히 일한 당신, 이제 떠나라.' 광고 카피처럼 간간이 여행을 떠난다. 이문세를 좋아한다. 콘서트를 혼자 가기도 했다. 아들 둘이 성인이 될 때 잘 키웠다는 보상으로 영국 런던 살기 한 달을 실천했다. 다양한 일들을 통해 나의 영혼을 돌보고 사랑하며 지냈다.

마지막으로 5전략은 '정신적 동반을 하는 삶'이다. 누군가와 함께 있어 주고 공감 경청하는 것이다. 곧 누구나가 상담자가 되기도 하고 내담자가 될 수 있다는 삶의 소통에 대한 전략이다. 말하기를 좋아하는 내가 타인의 말을 들어주고 공감하며 위로할 수 있다는 것은 내게 의미 있는 일이었다.

재작년이다. 한국 사회의 대부분이 제사를 지내는 유교 문화를 숭상하는 것처럼 시댁도 제사를 지냈다. 우리 집안에서는 너무도 획기적인 사건으로, 제사와 차례를 지내지 않게 되었다. "네가 믿는 하나님은 참 좋으신 분 같다."라며, "조상님께도 엄마도 할 만큼 했으니깐. 이제 제사 그만 지내고, 마음으로 조상 생각하고 기도하고 그래라!" 시어머니 공표에 모두 놀랐다. 가족들은 어머니의 폭탄선언에 대해서 아무 말을 할 수 없었다. 여기서 말하고 싶은 것이 있다. 크리스천으로서 누군가를 섬기고 화합할 수 있도록 몸으로 보여줄 때 세상이 더 아름답고 따뜻해지고 순리대로 흘러간다. 어머니께서는 "나는 네 편이다.", "너를 믿는다.", "네가 참 고맙다."라는 표현을 자주 하셨다. 잘 보이기 위해 어머니를 대하지 않았고, 진심으로 대화했다. 여성으로서 인간으로서 많은 나눔을 통해 우리는 그렇게 가까워졌다. 관계는 서로 이해하고 서로 봐주고 서로 챙길 때 끈끈해진다. 마음을 열어야 가까워질 수 있다. 나를 위한 배움이 가족을 하나 되게 하는 것이 기쁘고 감사했다. 그런 내가 자랑스럽기도 했다. 그렇게 난 우리 가족의 갈등 중재자가 되었으며, 나를 사랑하고 남편을 더 사랑하는 아내가 되었다. 말과 시선은 부메랑처럼 돌아온다. 남편은 종종 말한다. "이 나이에도 아내가 이쁘고 사랑스러워! 난 진짜 운이 좋은 사람이야!"

전쟁에 나갈 때도 전략과 전술이 있듯, 내 인생을 좀 더 주도적인 삶을 살기 위한 5가지 전략을 실천해 나가는 삶은 나를 변화시켰다. 너무도 다른 남편 덕분에, 나와 다른 사람들을 이해할 수 있게 되었다. 콩나물을 키울 때 물을 주면 물이 그냥 빠지는 것 같다. 그다음 날 여지없이 콩나물은 쑥쑥 자라있다. 배움도 그러하다. 많은 공부를 그냥 한 것 같았지만 내공이 쌓여 부모교육 전문가와 상담가로 자라게 했다. 앞으로도 책을 보고, 글을 쓰며, 말에 향기가 나는 삶을 기대한다. 너에게.

나를 키우는 힘

실수는 새로운 시작이지!

이은정

작은 실수 하나가 하루를 망칠 수도 있고, 소중한 추억이 될 수도 있다. 인생의 교훈은 종종 예상하지 못한 순간에 찾아온다. 때로는 잔잔한 파도로, 때로는 거센 폭풍으로 다가오기도 한다. 나의 성장도 사소해 보이는 순간들에서 시작되었다. 단연코 평범하지는 않았다.

바리캉 소리. 상상했던 것보다 시끄러웠다. 생각보다 무겁다. 진동이 내 손바닥을 간지럽힌다. 의자에 앉아 다리를 흔들며 기다리는 아들. 나를 전적으로 신뢰하는 듯했다. 한 번도 누구의 머리를 깎아본 적이 없었다. 손이 떨렸다. 아들 머리카락 근처에 바리캉을 대고 준비했다. "엄마, 할 수 있지?" 장난스러운 목소리였지만, 의심의 눈빛이다. 미소 지으며 당연히 자신 있다고 말했지만, 사실은 아니었다.

머리 뒤쪽 아래에서 위로 순식간에 지나갔다. 버터 자르는 것 같았다. 아뿔싸! 귀 근처에 작지만 뚜렷한 구멍이 보인다. 몸이 얼어붙고, 심장이 쿵쾅거렸다. 노출된 곳이 유난히 크다. 잠시지만 아이가 울거나 실망하리라 예상했다. 아들이 손을 뻗어 그 부분을 만지더니 갑자기 웃음을 터뜨린다. "엄마! 나 반대머리야!" 바짝 긴장했지만 불가능했다. 이내 나도 웃었다. 속으로는 '내가 무슨 짓을 한 거지?'라며 당황스러웠다. 사태를 수습하려고, 다시 바리캉을 집어 들었다. "다시 시도해 볼게." 자신감과 절망 사이에서 목소리가 흔들렸다. 아무리 조심스럽게 움직여도 말을 듣지 않았다. 시도할 때마다 상황이 더욱 나빠지는 듯하다. 머리카락이 듬성듬성 고르지 않다. 깊게 숨을 내쉬며 내려놓았다.

"미용실 가자."

"아니에요, 엄마. 우리 그냥 같이 끝내봐요. 재밌잖아요!"

아이의 말에 잠시 멈췄다. 재밌다니? 이 엉망진창이? 아이의 두 눈은 빛났고, 입이 귀에 걸렸다. 들쭉날쭉하고 삐뚤게 커트되었지만, 엄마를 배려하는 아이 말은 잠시 멈추게 했다. 완벽하진 않았지만, 특별한 작품이 된 거다. 바닥에 떨어진 머리카락, 샴푸 향기, 그리고 웃음소리에 입꼬리가 올라갔다. 실수가 세상의 끝이 아니다. 창의성과 연결의 기회가 될 수 있었다. 때로는 불완전함을 받아들이는 것이 어떤 완벽한 결과보다 훨씬 더 가치 있는 추억을 만든다는 증명이었다.

혼자였다. 누구도, 어떤 말도 위로가 되지 않았다. 마치 넓은 바다에 표류하는 작은 배처럼 느껴졌다. 거리는 낯설었고, 밖으로 나올 때마다 지난날의 우여곡절이 떠올라 혼란스러웠다. 아는 사람이 하나도 없었다. 새로운 곳에 적응한다는 건 부담이었다. 가끔 창밖을 바라보면, 세상은 나 없이도 잘만 움직이는 것 같았다. 코칭 공부하던 어느 날, 합창단 모집을 한다는 말을 들었다. 누구나 참여할 수 있었다. 노래를 좋아하긴 했지만, 자신이 없었다. 고민 끝에 가입했다.

"아아아아아. 에에에에에. ……." 목청껏 불러보지만, 소리가 작고 가늘다. 아직 덜 풀린 듯하다. 단원들이 내는 소리에 빨려 들어 갔다. 나 혼자만 쭈뼛하게 서 있는 이방인 같았다. 입이 얼어붙었다. 악보를 움켜잡았다. 심장 박동이 빨라지고 손바닥에 땀이 났다. 연습 첫날이었다. 쉬는 시간은 활기가 넘쳤다. 수다를 떨거나, 명함을 건네며 인사를 하는 사람도 있다. 흥얼거리거나, 일부는 목을 가다듬고 있다. 지휘자가 시작을 알리자 주변이 조용해졌다. 단호하면서도 따뜻한 목소리만 들렸다.

이어 피아노 건반이 울리면서, 명확하고 정확한 음이 방을 채웠다. 입을 열어 노래를 불렀지만, 역시나 내 목소리는 불안정했다. 마치 첫 비행을 하는 새처럼 흔들렸다.

매주 1회, 왕복 2시간을 오갔다. 연습실이 강남에 있었다. 빠지지 않고 연습에 나갔다. 두려웠던 마음과 의심이 조금씩 사라졌다. 외국어처럼 느껴졌던 음악이 익숙해지기 시작했고, 더는 떨리지 않았다. 강약을 조절하며 부르기도 하고, 화음도 제법이다. 노래엔 힘이 있었다. 연습하는 곡들은 나의 불안한 마음을 위로해 주었고, 내 영혼의 상처를 어루만져주는 것 같았다.

첫 공연 전, 빨간 드레스를 입고 리허설. 가슴이 벅찼다. 무대 조명이 눈부셨다. 단원들의 열기는 뜨거웠다. 몸이 긴장되고 마음은 설레었다. 지휘자가 지휘봉을 들어 올리자, 피아노의 첫 음이 시작을 알렸다. 단원들이 노래를 부르자 익숙한 멜로디가 나를 사로잡았다. 내 파트는 소프라노였다. 다른 파트와 섞여서 공연장을 가득 채웠다. 소리가 풍부했고 생동감 있었다. 내 몸의 세포 하나하나를 건드리는 듯했다. 마음 깊은 곳까지 빠져들었다. 잃어버린 나를 보았다. 나의 일부를 재발견한 거다. 공연이 끝나갈 무렵, 마지막 음을 부르면서 청중을 바라보았다. 밝은 빛 때문에 잘 보이지 않았지만, 여섯 살도 안 된 어린아이가 열정적으로 박수를 친다. 그 옆에는 가족들이 이빨을 보이며 웃고 있다. 주르륵 눈물이 흘렀다. 해방과 감사의 눈물이었다.

환호와 박수가 터져 나왔다. 열기에 압도되었다. 몸이 굳은 채 그대로 서 있었다. 관객들의 박수 소리, 내 얼굴에 닿는 빛의 온기, 피아노의 희미한 여운. 이 모든 것이 심장을 뜨겁게 만들었다. 그저 무대에만 서 있는 게 아니었다. 노래만 한 것이 아니라, 치유되고 있었던 거다. 공연은 이벤트 이상이었다. 새로운 전환점이었다. 낯선 곳에서 길을 잃었다며 막막하고 두려웠었다. 나 자신을 다시 찾을 길이 있다니. 바로 음악이며 합창이었다. 내 목소리뿐만 아니라 내 영혼의 일부를 다시 발견했다.

실수는 새로운 시작이다. 아들의 머리를 깎는 일이 재능과는 거리가 멀었다. 하지만, 그 실패를 통해 아이와 난 특별한 유대감을 나누었다. 그러니 완벽하지 않아도 괜찮다. 실수는 나를 더 유연하고 인간적으로 만들어주었으니까. 합창단에 가입한 것도 단순히 노래를 배우는 게 아니었다. 그것은 새로운 환경에서 나의 자리를 찾은 거다. 함께여서 가능했던 아름다움의 상징이었다. 사람들은 종종 성장이라는 것을 드라마틱한 변화나 큰 결단에서 온다고 생각한다. 착각이다. 성장은 일상의 사소한 순간들 속에 숨어 있다. 실수 후의 웃음과 합창 후의 눈물. 모두 치유와 재발견의 기회였다. 돌아보니 웃음이 난다. 아이 머리카락을 한 번 자르는 '모험'을 했고, 불안함 속에서도 '합창' 하며 기쁨을 찾았다.

살아간다는 건 도전이다. 때론 거침없이 흔들지만, 그 과정에서 더 강하고 단단해진다. 도전을 통해 성취하고, 실수를 통해 배운다. 결국, 성장과 웃음, 그리고 치유를 위한 문을 열어준다. 중요한 건 그것들을 마주하는 태도가 아닐까. 도전을 받아들이고, 실수를 사랑하며, 연결을 통해 나를 재발견할 수 있다. 그 안에서 진짜 나를 찾을 수 있다고 확신한다.

나를 키우는 힘

말하는 것보다 잘 듣던 아이는 상담사가 되었다

이향숙

　　　　　새로운 것을 시작하는데 호기심보다는 두려움과
불안감이 더 큽니다. 심사숙고하는 데도 오랜 시간이 필요합니
다. 겉으로 보기에는 태연한 모습으로 보이지요. 마치 주사를
무서워하는 아이가 주사라는 말만 듣고도 겁에 질려 우는 것처
럼 말이죠. 하지만 결정 후엔 힘든 것도 조용히 잘 견디어 냅니
다. 또 다른 것에 이미 도전해 있는 나를 봅니다.

　　고등학교 졸업하고 공장에 경리로 취업했습니다. 사무실에
는 책상 3개와 작은 소파가 있었습니다. 나이가 꽤 들고 기운

없어 보이는 전무, 제주도가 고향인 30대 초반의 대리, 그리고 열대여섯 명의 공장 직원이 전부였지요. 집에서 걸어가면 30분, 버스를 타고 가면 한 정거장입니다. 왕복 버스비 이백팔십 원을 아끼기 위해 차도와 인도가 명확하지 않은 길을 걸어서 출퇴근했습니다. 한 달 월급이 십삼만 원. 중학교 1년 선배인 이전 경리에게 인수인계를 받았어요. 주된 업무 중 하나는 사무실로 걸려 오는 전화를 잘 받는 것이었고, 두 번째는 공장 직원 월급을 잘 계산하면 되었지요. 차분하고 꼼꼼한 나는 월급 계산하는 것은 걱정하지 않았습니다.

사무실에는 6811, 6812의 두 대의 전화와 본사와 바로 통화가 되는 검은색 직통전화가 있었지요. 외부에서 걸려 오는 벨 소리만 들려도 걱정이 되었습니다. 어느 날 직통전화로 사장님이 공장으로 출발했다는 연락을 받았어요. 전무와 대리는 공장을 점검하기 위해 나갔거든요. 입사한 지 불과 며칠, 사무실에 혼자였죠. 하얀색 일반 전화벨이 울립니다. "안녕하세요. ○○건철입니다." "나 ○○건설 황상무인데, 사장님 도착하셨나?" 아직 도착하지 않았고, 도착하시면 연락드리겠다고 말하고 끊었지요. 잠시 후 도착한 사장에게 조금 전 전화 받았던 메모장을 전했어요. "전화 연결해 드릴까요?", "네가 새로 온 '미스 리'구나! 연결해 봐." 통화를 마치더니 흐뭇해하며 말하더군요. 상무가 전화 응대를 잘했다고 칭찬하더라는 겁니다. 전화 한 통

나를 키우는 힘

화 잘 받았을 뿐인데. 훗날 서울 본사에서 근무하게 되었지요.

전화 받는 일을 잘한다고 생각하니, 회사 일에 자신감이 생겼어요. 더 친절하게 전화를 받았지요. 우연일까요. 친구와 함께 영화 봤던 건물에 전화교환원 학원이 있더군요. 망설임 없이 바로 등록했죠. 직장을 다니면서 3개월간 야간에 학원을 다녔어요. 이론과 실기시험을 한 번에 합격. '전화교환원' 자격증은 생애 첫 국가 자격증이죠. 그 당시만 해도 전화교환원은 꽤 괜찮은 직업이었어요. 주로 대기업이나 전화국, 은행, 호텔 등에서 근무했지요. 호텔과 전화국에 이력서를 냈더니 합격했습니다. 그런데, 엄마가 합격 전화를 받았지만 바로 전달되지 않았지요. 꽤 시간이 지난 후에야 전해 들었죠. 전화국에 취업하고 싶어 다시 전화했어요. 연락이 없어 다른 사람이 입사했답니다. 만약 그때 그곳에 입사했다면 지금 어떤 모습으로 살고 있을까 궁금합니다.

전화교환원의 일자리 기회를 두 번 놓쳤죠. 그 뒤론 한 번도 이직을 생각하지 않았어요. 어느 날, 본사로 발령이 났습니다. 시골 검단에서 서울 대방역까지 버스와 전철을 타면 편도 2시간 가까이 걸리죠. 결혼 전까지 단 한 번의 지각도 하지 않았죠. 제일 먼저 출근하는 날도 많았어요. 여자 직원으로는 처음으로 승진했습니다. 결혼할 때는 혼수 준비하라며 사장님이 축의금을 많이 주셨죠. 출산 휴가, 복직 등 여자 직원으로는 처음이었지요. IMF, 10년 넘게 다닌 회사를 그만두었습니다.

사회복지사의 꿈에 도전하기로 마음을 정했습니다. 늘 마음에 담아두고 있었거든요. 사회복지사 2급 자격증을 받고도 안주하지 않았어요. 1급 자격증 취득을 위해 수개월 동안 공부에 매진했지요. 합격할 자신이 있었기에. 서울로 시험 보러 가는 날. 그동안의 피곤이 몰려온 것인지, 아니면 불길한 예언인지. 전철 방향을 착각했지만, 시험장에 무사히 도착. 1교시 시험은 생각보다 더 쉬웠어요. 문제를 다 풀고 답안지에 표기하지 않고 한 번 더 점검했죠. 시험 종료가 몇 분 남았다는 감독관의 소리를 듣지 못했지요. 맨 뒤에 앉아 있던 내 답안지를 회수합니다. 70문제 중 40번까지만 답안지에 표시했지요. 아무것도 할 수 없었죠. '멘붕' 상태. 이미 한 과목 과락! 계속 시험을 보는 것은 무의미했어요. 시험을 포기하고 짐을 챙겨 나왔습니다. 시험 감독관을 원망하면서. 또 1년을 기다려야 했거든요. 재도전을 위해 몇 개월간 고생했습니다. 당당히 좋은 점수로 사회복지사 1급 시험에 합격.

자격증 취득 사실을 알게 된 가정폭력상담소를 운영하는 학우로부터 연락이 왔습니다. 사회복지사로 일하고 싶었던 터라 바로 상담소에 취업했죠. 상담 경험이 없었지만, 오랜 직장생활 경험을 믿었거든요. 모르는 것은 배워가면서 상담소 일에 하나씩 적응해갔습니다.

나를 키우는 힘

첫 전화 상담의 기억이 생생합니다. 내담자가 하는 변태스러운 말을 다 들어주고, 변태 행위가 끝날 때까지 기다려주었어요. 초보 상담자인 나는 그걸 알아차리지 못했지요. 웃지 못할 에피소드였죠. 그 후로도 두세 번 더 전화가 왔고, 선임 상담사가 처리했죠. 같은 내용으로 전화할 경우 성희롱으로 고소하겠다고 단호하게 말하더군요. 다시는 전화가 오지 않았지요. 종종 그날의 이야기를 상담사들과 나누곤 합니다.

첫 대면 내담자는 40대 초반의 여성이었죠. 사는 것이 너무 힘들다며 오늘이 마지막이라 생각하고 상담소에 왔답니다. 초보 상담사인 나는 친절하게 그녀를 맞이했죠. 상담실로 안내하고 의자에 앉은 내담자. 눈물을 흘립니다. 남편이 사업하다가 망했다고. 가족과 친척, 지인들에게 돈을 빌렸다고. 더는 버티는 게 힘들다고 호소했지요. 이어서 아들이 있고 남편은 술로 하루하루를 보낸다고. 집에 쌀이 떨어져 가는데 어떻게 해야 할지 막막하다며 표정이 침울해졌습니다. 오롯이 경청하며 공감해 주었죠. 내가 할 수 있는 최선이었어요. 한 시간 넘게 지속된 상담. 이야기 중에 내담자의 강점을 찾았지요. 옷 수선하는 재능이 있더군요. 내담자가 자살을 암시했던 구체적 계획에 대해서도 말해주었죠. 생명의 소중함에 대해서도 언급했고요. 엄마의 선택으로 상처받을 자녀를 위해서 할 수 있는 것을 찾아보기로 했어요.

내담자가 돌아간 후, 구청 사회복지과에 근무하는 학우에게 전화를 걸었어요. 내담자를 지원할 방법을 물었지요. 다행히도 쌀과 생필품 지원이 가능하다고 하더군요. 몇 개월이 지난 후 사회복지사 학우로부터 전화가 왔어요. 그 내담자는 타 지역으로 이사 가서 세탁소를 운영한다며, 나에게 정장 한 벌을 드리고 싶다는 연락이 왔다고. 마음만 받기로 하고 거절했지요. '아, 나도 남을 도울 수 있고 변화시킬 수 있구나!'라는 사실이 감사했습니다.

누구에게나 처음은 있습니다. 그 처음을 경험하게 되면 많은 생각이 들지요. 실패도 후회도 괜찮습니다. 실수해도, 잘못해도 괜찮아요. 또 마주하면서 함께 성장할 수 있을 테니까요. 두려워하지 말고, 겁먹지 말고, 지금처럼 마음을 다해봅니다. 어느 날 나의 자리에서 빛나는 순간을 맞이하겠지요!

건강을 위한 나의 루틴

조시원

"음식이 곧 약이고 약이 곧 음식이다."

"내가 먹은 것이 내 몸이다."

"질병을 치료하는 진정한 힘은 자연 안에 있다."

의학의 아버지 히포크라테스는 수많은 건강 명언을 남겼다. 우리가 아픈 것은 이유가 있다. 자연의 법칙, 즉 자연의 먹거리와 생활습관을 어겼기 때문이다. 화학첨가물이 들어간 가공식품, 영양성분을 제거한 정제식품, 비정상적인 방법으로 사육한 육류 등을 굽고 튀기고 볶고 삶은 것들을 스스럼없이 먹는 현실이다. 이 때문에 인체가 그것을 소화시키지 못해 독소와 노폐물이 쌓여 혈관이 막히고 염증과 질환으로 아픈 것이다.

경북 영주가 고향인 직장 동료. 약관의 나이에 중풍을 맞아 반신불수가 되어 시골로 내려가는 것을 처음 보았을 때, 아! 건강하지 못하면 사회생활도 직장에서도 끝이구나! 나 역시 이미 건강이 안 좋아 입원까지 경험한 터라 더욱 안타깝게 그 친구를 보냈다. 나도 저렇게 될 수 있구나 하는 생각에 아마도 그때부터 음식을 가려먹고 생활습관을 지키려고 노력했다.

나의 친형도 42세에 뇌출혈로 세상을 떠났다. 조카들이 초, 중 어린 나이였는데 안타깝게도 세상을 달리하셨다. 계기가 되었다. 틈만 나면 테니스, 탁구, 축구, 등산 등을 꾸준히 하였다. 특히 먹거리는 사회생활 그리고 인간관계에서 지키기가 쉽지 않았다. 나름 노력한 결과 지금 60대 중반이 넘었음에도 약 하나 안 먹는다. 모든 검사 수치가 정상이다. 혈액의 나이는 40대 중반 나이다. 20년 넘는 동안 건강 관련 일을 하면서 생활습관과 먹거리를 관리한 것이라 자부한다. 사업과 개인의 상황이 안정화되어 지금은 주말에 농약과 화학비료를 주지 않고 주말 농장을 통해 건강한 먹거리를 먹고 있다.

아버지는 47세에 간경화로 별세한 가족력을 가지고 있다. 형 또한 젊은 나이에 뇌출혈로 세상을 등졌다. 그런 가족력, 즉 유전을 극복할 유일한 방법은 자연으로 돌아가는 것이었다. 그러나 직장생활을 하면서 자연으로 돌아갈 길은 쉽지 않았다. 건

　　　　　　　　　　　　　나를 키우는 힘

강에 관심 두고 책과 영상 강의를 보며 공부했다. 아는 것이 힘이라 했던가. 생활습관을 바꾸고, 먹는 것을 바꿨다. 잠을 일찍 자려고 노력했고, 햇빛을 보며 산책을 즐겼고, 춥거나 더워 야외활동이 힘들 때는 집에서 스트레칭 푸시업 윗몸일으키기 스쿼트 등 꾸준히 하였다. 건강을 위해 매년 주기적으로 10일의 단식을 하고, 가끔 컨디션이 좋지 않을 때는 1일 1식이나 16:8 간헐적 단식도 한다. 동물도 아프면 먹지 않고 쉰다. 우리도 가끔은 단식이 필요하다.

단식은 메스 없는 수술이다. 속을 비워두는 것이 바로 병을 고치는 방법이다. 많은 사람을 상담해보니 굶어 죽는 사람보다 과식, 폭식으로 죽는 사람이 수천 배는 많다고 한다. 건강이 곧 연금이고 보험이다. 평생 현역으로 사는 것이야말로 가장 행복한 삶이다.

미국의 세계적인 웨딩 디자이너 베라왕은 49년생. 우리나라 나이로 76세다. 그녀는 아직도 10cm 넘는 하이힐을 신고 드레스를 입고 워킹을 한다. 어떻게 그렇게 젊게 살 수 있는지 한 기자가 인터뷰했다. 무조건 8시간 잠을 자는 습관을 지키며 바쁘게 일하는 것이 건강한 비결이라 했다. 전적으로 동의한다.

10년 넘게 건강 상담과 강의를 해왔다. 상담에서 가장 먼저 체크하는 부분이 먹거리와 생활습관이다. 밀가루 음식인 빵,

떡, 국수, 그리고 튀김 종류를 먹는지, 동물성 고기를 얼마나 어떻게 먹는지, 가공 음료를 마시는지, 인스턴트 음식을 먹는지, 잠은 언제 몇 시간 자는지, 어떤 운동을 하는지, 간식, 야식, 과식, 폭식하는지, 물을 언제 얼마나 마시는지, 혹시나 호흡을 거꾸로 하지 않는지, 스트레스는 얼마나 받으며 해소를 어떻게 하는지 등을 체크하면 그 사람의 질환의 원인과 몸 상태를 짐작할 수 있다.

현대 도시에 사는 많은 사람은 일이 바빠서 습관적으로 식사도 빨리하고 운동할 시간이 없고 잠도 늦게 잔다. 그렇게 바쁘게 일하는 이유가 무엇인가? 행복하게 살기 위해서가 아닌가? 건강을 잃고 행복할 수 있을까? 이제는 건강에 투자해야 할 때다. 자동차나 기계도 정기적으로 운행을 중단하고 수리를 한다. 우리 몸도 휴식과 수리할 시간이 필요하다. '오토파지(Autophagy)'라는 말이 있다. '스스로 먹다'라는 뜻이다. 2016년 일본의 오스미 요시노리 교수가 노벨생리의학상을 받은 내용이다. 우리가 먹는 칼로리를 제한하면 모자라는 칼로리는 내 몸에 엉킨 단백질, 고장 난 미토콘드리아 등의 쓰레기를 분해해서 재활용하여 살아간다.

동물들은 아프면 스스로 단식을 한다. 사람도 마찬가지다. 예를 들면 이렇다. 나는 키 174cm 몸무게 68kg 표준이다. 체

지방이 14kg 정도다. 단식하면 식후 4시간 정도면 섭취한 영양소가 고갈된다. 이후 간과 근육에 저장된 300g 남짓 글리코겐이 포도당으로 분해되어 12시간 정도 영양소로 사용한다. 이후에는 인체의 체지방이 주요 에너지원으로 사용된다.

표준체중인 나로서는 약 80일은 굶어도 문제없는 것이다. 그때 내 몸의 쓰레기, 즉 병든 세포, 낡은 세포, 죽은 세포(염증) 등을 청소하는 것이다. 내 몸 혈액이 맑아지고 염증이 사라진다. 독소까지 배출되어 치유되며 젊어지고 건강해지는 것이다. (단, 사람마다 상황이 다르기에 무조건 단식은 권하지 않는다. 영양의 균형이 중요하기 때문이다.)

인생의 차이는 결국 건강의 차이라는 말이 있다. 건강해야 행복도 즐거움도 느낄 수 있고 누군가에게 베푸는 일도 할 수 있다. 일본의 마쓰시다 고노스케 회장이 말한 3가지의 명언을 생각하며 살고 있다. '약해서 평생 건강관리를 하였고, 못 배워서 모든 이들을 선생으로 삼았고, 가난해서 평생을 성실하게 일했다.' 며칠 전 아는 지인의 노모가 별세하셨다. 94세이다. 호상이라 했는데 그 딸은 의외의 반응이었다. 이유를 물었더니, 24년간 집에서 병간호를 했다고 한다. 왜 요양원이나 요양병원에 가지 않았는지 여쭈었다. 차마 보낼 수 없었고, 거동 못하니 요양병원에서도 꺼려 요양보호사 자격을 취득하였고, 오랜 세월 직접 간병하니 지쳤다고 했다. 긴 병에 효자 없다는 말이 맞는 것 같다. 자식들에게 피해 주지 않는 유일한 길은 아프지 않고 건강수명으로 사는 거다. 죽음을 감지할 때 단식하고 깨끗하게 저세상으로 가는 것이 내가 선택할 수 있는 좋은 방법이라 생각한다.

과학과 의학이 첨단을 달리는 시대다. 고혈압, 당뇨, 고지혈 등 심혈관계 질환자들과 암 환자 등 대사 질환자의 증가가 계속되고 있다. 그런데 약 먹고 병원 다니는 것을 그냥 자연스러운 현상으로 생각하는 사람들이 의외로 많다. 쇼핑하듯이 말이다. 아프면 후회하지만, 사후약방문일 것이다.

'심신일여'라는 말이 있다. 몸과 마음은 하나다. 근심 걱정이나 큰 쇼크로 인하여 스트레스를 받으면서도 소화가 잘되고 속이 편안할 수 있을까? 아마도 대부분은 위가 경직되면서 체하기도 하고 소화가 안 되어 고통을 받을 거다. 건강은 물론 정보의 홍수시대다. 내가 공부하지 않으면 당연히 손해다. 그렇다고 그를 이용하는 의료 상업주의 탓만 할 것인가. 현대인들은 건강 문맹 시대에 살고 있다. 해결 방법이 분명 존재한다. 건강수명을 늘리는 유일한 방법은 먹거리와 생활습관 스트레스 관리다. 자연과 멀어진 삶을 살아가고 있는 현대인들이 안타깝다. 거듭 말하지만 자연에 순응하는 삶을 살기를 바란다.

치유에서 성장으로! 나를 변화시킨 도전

조숙희

　　무더위를 배웅하고 선선함을 맞이하는 계절이다. 외갓집 마당 평상 두 개가 나란히 놓여 있었다. 풀벌레 소리가 경쟁하듯 화음을 이뤄낸다. 밤하늘 전체를 보면 반짝이고 수많은 별이 선명해 금방이라도 쏟아져 내릴 것만 같다. 가족들이 재잘거린다. 외할머니의 전매특허 해파리 물회를 먹는다. 맵고, 짜고, 달큰한 기억이 떠오른다.

　　외할머니는 20여 년 전, 별이 되셨다. 어릴 적 단 것을 좋아했었다. 기억 속 외갓집은 라푼젤에 나오는 마녀의 집처럼 달콤한 것들 천지였다. 자주 안아주시던 할머니의 사랑, 장롱 안

두툼한 이불 속 틈새에 과자, 젤리 모든 것이 달콤했다.

그 달콤함은 틈만 나면 치과 대기실에서 두세 시간을 보내도록 부추겼었다. 달콤함 뒤에 숨겨진 공포스러운 진료실을 마주했다. 차례를 기다리는 지루함도 공포스러움으로 다가왔다. 치과 진료실에 들어가면 여지없이 마취 주사를 맞았다. 치아 삭제하는 도구가 입안에 물을 가득 채우면 숨이 막혔다. 어릴 적 나고 자란 진도에는 치과가 많지 않았다.

당시 9살, 유치와 영구치가 혼합되어 맹출 중인 상태로 혼합 치열기에 해당하는 시기다. 치간 사이가 듬성듬성 벌어져 음식물이 제법 잘 낀다. 관리가 소홀하면 곧잘 썩기도 하는 나이다. 그때의 구강 관리 인식은 치위생학을 배우고 난 뒤로 따지자면 밑바닥 수준이었다. 어린 시절 이후 큰어금니는 모두 아말감 뗌이나 신경치료 상태였다. 전체 인구의 우식률 통계에 따르면, 어린아이들의 큰어금니 우식률은 30%에서 40%로 보고되지만, 지역 및 사회 경제적 요인에 따라 크게 달라질 수 있다.

치과위생사로 일을 하던 때, '완벽하게 정리했는가?', '설명은 충분한가?', '혹시 놓친 부분은 없는가?'에 대해 매 순간 강박적인 질문을 했다. 나의 시선은 밖으로만 이어져 있어 나 자신을 볼 줄 몰랐다. 한편으로는 어릴 적 외할머니의 사랑을 받아 사랑스러운 미소를 가질 수 있었다. 치과 진료 의자에 앉으면 불안에 떠는 환자들이 대부분이었다. 해맑은 모습으로 분위기를

나를 키우는 힘

바꿔준다. "걱정하지 말고, 아름다운 미소를 상상해 보세요."

2019년도 둘째가 태어났다. '코로나19'라는 예기치 못한 상황이 터졌다. 100일도 안 되어 꼼짝없이 집이라는 감옥에 갇혔다. 여태 쌓아둔 경력직 '치과위생사'라는 꼬리표가 가끔 머릿속 신경을 건드렸다. 나를 드러내고 싶었다. 현실은 모유 수유하느라 틈틈이 수시로 앉아 있었다. 첫째도 4살, 쪼그려 앉아 놀아 줄 일이 많았다. 골반뼈가 뒤틀린 듯 아팠다. 그럴 때면 '내가 차라리 요가 강사라면, 저절로 건강해지지 않을까?' 생각이 스쳤다.

어느 날, 고된 육아 후 회복을 다짐하며 유튜브로 요가 수업을 켜 따라 해 본다. '하하, 이건 너무 쉬운데' 하는 기분으로, 요가 매트를 펼치고 우아한 포즈를 취하기 시작했다. 사람들이 왜 요가를 통해 내면의 평화를 찾는지 깨닫게 되는 순간이었다. 이게 단순한 동작이 아닌, 내 몸이 나와 대화하는 방식임을 느꼈다. 특히 점점 뻗어 나갈 때 내가 굳어지지 않는 큰 문어처럼 보였다. 호흡하는 나를 마주하며 안부를 묻곤 했다.

우연히 보건소에서 2년 계약직으로 구강보건실 일을 시작한다. 나 자신을 드러낼 기회인 것이 분명했다.

구강 관리 교육이라면 너무 즐거워 눈을 감고도 할 수 있는 일이었다. 집을 떠나 성취감과 인정을 느낀 게 얼마 만인지 나 자신을 찾은 기분이었다.

어느 날, 퇴근 후 코로나19가 극성인 시기였다. 가정을 외면한 것 같아 회식하는 남편이 미웠다. 때문이란 생각이 미움을 놓지 않게 되었다. 소리를 지르고 욕설을 퍼부었다. 깊은 곳에서 용암이 쏟아져 나와 거무튀튀한 분진들이 집안 곳곳에 내려앉는다. '내가 도대체 뭘 한 거야?' '이거 내 모습 맞나?' 스스로가 너무 의심되는 순간이었다.

놀이터에서 아이들과 시간을 보내던 때, 현수막 광고가 눈에 들어왔다. 날씬하고 건강한 몸, 직관과 자신감을 가진 내 모습이 거울에 상상하며 기꺼이 시도하려는 의지가 가득하다. 치과위생사로서의 날들이 추억 속으로 지워진다. 당장 내일의 일들도 알 수가 없다. 과거를 보내주고 다가올 것에 대한 불안 없이 '지금을 살자.'라고 결심하는 순간이다. 내 몸과 마음을 치유하는 일에 도전하게 되어 너무 행복하다. 매 순간 감사하다. 부드럽고 친절하게 몸과 마음을 잘 다독인다. 내면의 에너지를 진실한 내 편으로 만들어주고 있다.

단연코 쉽지만은 않았다. 처음에는 어설프고 흔들리는 모습을 자주 마주했었다. 발전이 더딘 것처럼 느껴질 때도 많았다. 유연한 몸만 믿고 무턱대고 하다가 허리를 다치기도 했었다. 그 과정들이 '나의 삶이다.'라고 생각하며 내맡긴 후 보상이 주어진다. 좀 더 이론에 가깝게 접근하는 계기가 되었다. 골반을

나를 키우는 힘

쓰는 방법을 체득한다. 근력, 유연성, 힘이 필요하다는 이론을 바탕으로 요가의 3요소인 호흡, 동작(=아사나), 명상을 더욱 실감하게 되었다.

요가 자세를 취하며 다리가 비틀거리는 순간에 미소를 지을 수 있었다. 다만 요가가 단순한 동작이 아니라 명상으로 가는 과정이라는 것을 깨닫기까지는 시간이 필요했다. 자격증을 취득하고 처음으로 수업을 맡은 날이었다. 사람들 앞에서 교육하고 말하는 것에 자신 있었다. 무슨 일인지 동작을 설명하며 지도하는 일은 예상보다 훨씬 어려웠다. 극한 긴장으로 인해 몸이 굳는다. 마음이 위축되자 유연했던 몸은 온데간데없다. 소나기 맞은 앵무새처럼 빠르게 말만 늘어놓았다. 50분 수업을 30분 만에 마쳤다. 그 순간의 당혹스러움과 등줄기 타고 흐르던 땀을 지금도 잊을 수 없다.

에크하르트 톨레는 『지금 이 순간을 살아라』[5]에서 "변화를 위한 가장 커다란 촉매는 상대를 판단하거나 변화시키려 하지 않고, 있는 그대로를 완전히 받아들이는 것"이라고 말한다. 그 말을 곱씹으며 깨달았다. 과거보다 현재가 더 강하다. 그리고 진정한 변화는 애쓰는 것이 아니라 받아들이는 데서 시작된다. 초보 강사 시절에는 방법을 몰라 힘이 들었다. 완벽함을 보여

---

5   에크하르트 톨레. 지금 이 순간을 살아라. 양문, 2008.

주려는 애씀이 곳곳에 묻어났다. 회원들에게 뽐내기를 강요하기도 했다. 하지만 시간이 흐르면서 그 모든 과정이 성장의 일부였다.

치과위생사로서 사람들과 소통하는 법을 익혔다. 요가 강사는 몸과 마음을 다루며, 그 이해를 더욱 확장시키는 계기가 되었다.

이제 돌아보면, 나를 불안하게 했던 그 모든 순간이 결국 나 자신을 찾기 위한 과정이었다. 물론 치과위생사로서의 아쉬움이 남는다. 요가 강사로서의 새로운 여정을 시작한다. 누군가는 평범한 일상속에서도 성장할 기회를 발견할 수 있을 것이다. 시행착오는 피할 수 없다. 그 과정에서 우리는 더욱 단단해진다. 끝내 성장한 나를 만날 수 있다면, 어떤 도전도 두렵지 않다. 도전은 성장을 부르는 마법이다. 실패는 성공의 어머니다.

아이들과 함께 성장하는 도전!

황경애

     남편이 있던 때로 돌아갈 수는 없지만 그럼에도 평범한 일상을 보내기 위해 무던히도 애썼다. 늘 아이들만을 생각하며. "아빠는 그냥 출장 가신 거예요"라던 작은아이의 말을 떠올리며 예전과 다르지 않게 생활하려고 했다. 명절이면 아이들이 할아버지 할머니와 함께 색색 별로 송편을 빚고 직접 쪄서 먹는 재미를 선물해 주었고, 학교 행사에도 할아버지 할머니와 함께 참여했다. 예전에도 그랬던 것처럼 말이다. 주말에는 틈틈이 할아버지와 장기, 바둑을 두며 보내도록 시간을 만들어주었다. 아이들이 슬픈 마음을 갖지 않도록 즐거운 시간을 만들어주고자 노력했다. 중요한 건 아이들에게 아빠의 빈자리를 할아버지께서 든든하게 채워주고 계시다 느끼게 해주고 싶은 마음이었다. 그렇게 잘 보내고 있었다.

이런 시간도 오래가지 못했다. 두 아이가 고등학교에 다니던 중요한 시기에 할아버지는 지병으로 돌아가셨다. 큰아이는 고3 수험생, 둘째 아이는 고1이었다. 두 아이 모두 사춘기를 겪고 있던 시기였기에 그 충격은 더 컸으리라 생각한다. 아이들의 고통을 내가 대신 질 수만 있다면 좋겠다고 생각했다. 큰아이는 할아버지가 돌아가신 후 방황했다. 둘째 아이는 없는 말수에 더 말이 없어졌다. 큰아이는 성적이 떨어지기 시작했다. 학교 야간 자율 학습도 받지 않았다. 일찍 하교하는 날은 잠만 잤다. 내가 할 수 있는 건 고작 "어디 아프니?"라고 한마디 묻는 정도였다. 나 역시 지칠 대로 지쳐 있었다. 그럼에도 아이들을 위해 내가 할 수 있는 방법들을 찾았고 깊은 고민을 했다. 오래전 아이가 행복해하던 기억을 떠올렸다. 기억해 낸 건 내가 기타를 치던 모습을 보며 "엄마! 저도 기타 가르쳐 주세요."라는 아이의 목소리였다. 그때를 떠올리며 물었다. "민혁아, 기타 학원 보내주면 다닐래?" 아이는 거절하지 않았다. 며칠 뒤 기타 학원 등록을 해주었다. 그렇게 몇 달을 다니더니 즐기고 있음을 알 수 있었다. 다행이었다. 어떤 날은 작은아이는 피아노를 치고 큰아이는 기타를 켜는 소리가 집 안 가득 채우는 것이다.

나를 키우는 힘

두 아이의 합주는 마치 영화에서 들어본 적 있는 멜로디였다. 얼마 만에 집에서 들어보는 음악 소리였던가! 말할 수 없는 감동이 밀려와 눈물이 났다. 행복했다. 이렇게 커 가는 아이들의 모습을 나만 보고 있다는 것이 가슴이 미어졌다. "여보~ 아이들 보고 있지? 듣고 있는 거지?" 하며 하염없이 울었다. 그렇게 평화를 찾은 듯 아이들도 다시 공부에 매진하는 듯했다. 큰아이 수능 날이 다가왔고 결과는 재수였다.

아이들만 잘되길 바라는 마음으로 모든 것들을 다 쏟아부은 시간이었다. 아이들의 인생을 책임져야 했던 나는 아이들의 꿈이 곧 나의 꿈이라고 생각하며 그저 아이들만 바라보며 살았다. '두 아이가 졸업하면 그때 마음 깊이 담아둔 내 꿈을 꺼내어 도전해 보리라' 생각한 적이 있다. 그러나 생각만으로 끝나는 것은 아닌가 하는 순간이었다. 부모라는 책임과 개인적 도전 사이에서 더 이상의 고민은 하지 않았다. 아이들만을 위한 삶이었기에 묵묵히 아이들을 위한 결정을 내렸고 움직였다. 망설임은 없었다. 다만 포기할 수 없는 꿈이 자리하고 있었기에 틈틈이 공부하고 있었다. 준비하고 있으면 언제든 시작할 수 있다고 믿었기 때문이다. 나이 따윈 상관없다고 생각했다. 내 의식은 이미 꿈을 포기할 수 없다는 결정을 내렸고 그 마음은 준비와 함께 자라고 있었다.

신은 가혹했다. 재수하던 큰아이가 허리를 다쳤다. 청천벽력 같은 소식이었다. 무엇보다 아이 대신 아파해 줄 수 없음에 더욱 고통스러웠다. "걱정 마세요. 제가 알아서 할게요."라고 말하는 아이를 보며 아무것도 해줄 수 없는 무능한 엄마가 된 것 같았다. 바보 같고 가슴이 미어졌다. 혼자서 해결하겠다는 아이를 보며 '아빠가 계셨더라면' 하는 생각에 하염없이 눈물만 흘릴 뿐이었다. 아이가 치료를 잘 받아서 완치되길 바라는 마음이 간절했다. 어느 날 아이는 군 입대를 결정했고, 1급에서 4급이 된 아이는 사회복무 명을 받아 학교에서 근무하고 있다. 그렇게 큰일 같았던 힘겨운 시간도 잘 지나갔다. 지금은 내 옆에서 함께 지내는 아이를 보며 감사한 마음으로 보내고 있다. 둘째는 본인이 원하는 대학은 아니지만 나를 위해 원하는 전공만을 보고 내 옆에서 4년 장학생으로 공부하고 있다. 멋지게 자라 준 아들들이 자랑스럽고 대견하다. 이 장을 빌려 아이들에게 마음을 전해 본다.

"민혁아! 동혁아! 엄마 아들로 태어나줘서 고맙고 사랑한다."

아이들 모두 그들만의 방식으로 안정된 삶을 살아가고 있다. 이제 차례가 되었다. 마음 깊은 곳에 자리한 꿈을 꺼내어 세상에 펼쳐놓는 작업을 시작했다. "위대한 일은 결코 포기하지 않는 사람에 의해 만들어진다."라고 했다. 나를 믿고 꿈을 위해

나를 키우는 힘

책 읽기와 글쓰기를 틈틈이 해 나갔다. 글을 쓰고 책을 읽는 시간은 단순한 활동이 아니었다. 고통 속에서 내 삶을 객관적으로 바라보고 극복할 수 있는 방법을 찾는 과정이었다. 모든 일이 나를 단단하게 만들어 준 시간이었지만 책을 읽어가며 새로운 도전을 시작할 용기를 갖게 된 중요한 시간이 된 것이기도 했다. 그 시간이 있었기에 지금의 내가 만들어진 것이다.

'가장 큰 영광은 넘어지지 않는 것이 아니라 넘어질 때마다 다시 일어나는 데 있다.'라는 말을 되새긴다. 처음에는 누구나 실패의 경험을 여러 번 반복해 가면서 힘겨움을 알게 된다. 거듭된 실패를 통해 이겨낼 힘은 더 강해진다. 그 경험들은 성공을 만들어낼 큰 힘이 된다는 사실을 깨우치게 되는 데는 오래 걸리지 않았다. 그리고 도전하였고 마침내 2024년 3월 대학원에 합격하며 그토록 바라던 공부를 하게 된 것이다. 내가 무엇을 하면 가장 행복한지를 알고 시작한 공부였기에 나도 내 아이들도 행복할 수 있는 일이라 믿으며 더욱 힘을 낸다. 이 길은 힘겨운 여정이 될 것이다. 그럼에도 공부할 수 있음이 감사하다. 누군가 시켜서가 아니라 내가 좋아해서 하는 공부이기에 이겨낼 것이고 이뤄낼 것이다. 책임과 도전의 갈망 앞에서 조금 늦어진 출발이 되었지만 지금 나의 행보는 아름답다. 내가 가는 이 길이 나와 내 아이들에게 큰 행복을 안겨 줄 것이라고 확신하며 힘차게 나아가 본다.

4장

새로운 지평을 열다

새로운 도전과 행복한 삶

강숙아

      코로나19, 전 세계를 뒤덮었다. 모든 활동이 중지되었다. 코로나 이전에는 기타동아리, 우쿨렐레동아리, 합창단 등 단체동아리가 많아 공연들이 잦았었다. 코로나로 바쁜 삶 속에서 잠시나마 쉴 수 있어 좋았다. 쉼도 잠시. 평소 배움과 도전을 좋아했다. 학원생 성인 두 명과 줌으로 영어 공부며 독서심리지도자 자격증 과정을 시작했다. 오히려 활동은 줄이고 무언가 배울 좋은 기회였다. 코로나 때부터 시작한 영어 공부. 플래너 자격증까지 취득했다.

  독서심리지도자 자격증 1년 과정을 마쳤다. 심화 과정에 들어가면서 여섯 명 선생님과 독서 모임을 만들었다. 한 달에 책한 권이라도 읽자는 목표로 시작했지만, 3번의 만남 후 해체 위기를 맞았다. 이는 누구의 잘못도 아니었다. 단지 의견 차이가 있었을 뿐이다. 이대로 끝나는가 싶어 아쉬웠다. 포기하지 않았다. 뜻을 합해 네 명이 극적으로 모임을 재결성했다. 다시 시작하며 더 단단한 결의를 다졌다. 팬데믹으로 인해 모두가 힘들었던 시기에, 이 모임이 작은 위로와 힘이 되어줄 것이라고 믿었다.

"글쓰기 공부 같이해요!"

핸드폰에서 음악 소리가 들렸다. 반가웠다. 독서 모임 구성원 중 한 명이었다. 자신 없다며 단숨에 거절했다. 글쓰기는 너무나도 생소하고 어려운 도전처럼 느껴졌기 때문이다. 그리고 학원을 운영하면서 네 명의 원장과 동요 곡 집 2권을 공저했던 기억들이 머릿속을 복잡하게 그려 놓았다. 2년 동안 1주일에 1번 만남으로 공저가 마무리됐다. 지금은 학원에서 교재로 활용하고 있다. 힘든 작업이었지만 소중한 기억으로 남아있다.

내 이름으로 된 책이라! 생각하니 꽤 설레는 작업일 수도 있다는 생각이 들었다. 마음만 있을 뿐 실천에 옮기지는 않았다. 그러던 중 글쓰기 무료 특강을 듣게 됐다. 귀에 들어오지 않았다. 현실주의 성향에 삶이 바쁘다 보니 독서에는 거리가 먼 탓이었다. 머릿속에서는 하지 말라고 속삭였다. 다만, 평소에 기

나를 키우는 힘

억하고 싶은 일을 기록하며 블로그를 운영했다.

'함께 하면 할 수 있다'라는 말에 조금씩 마음이 움직였다. 하지만 걱정이 앞섰다. 학창 시절에 독후감 한번 쓰지 않던 '내가 책을 쓸 수 있을까?'라는 생각도 잠시. 그래 시작하자. 글쓰기 공부를 신청했다.

평소 하지 않는 일을 하니 눈동자가 쓰리다. 며칠째 눈이 따갑고 배가 아프다.

한림에서 친구가 왔다. 남편이 시내 볼일이 있어서 함께 왔다고 했다. 둘이서 아파트공원 주변을 걸었다. 검은색에 애절한 눈빛을 한 꼬마 강아지, 둘리도 함께했다. 초록색을 띤 풀잎과 나무들을 보면서 걷다 보면 눈 따가움도 괜찮아지리라 생각하면서.

여전히 눈이 따끔거렸다. 친구는 나의 아픔을 눈치채지 못했다. 오랜만에 시내 나와서 나를 만나 수다 떨고 걷는 게 행복해 보였다. 1시간쯤 걸었을까? 더 이상 참을 수가 없었다. 다음에 만나자고 하고는 헤어졌다. 곧바로 근처에 있는 안과로 향했다. 안과는 생각보다 컸다. 간판을 보니 건물이 2채다. 한쪽은 수술 전용 건물, 다른 쪽은 진료를 본다. 진료 쪽 건물로 향했다. 환자들이 많이 있었다. 안과 진료는 처음이다. 순서를 기다렸다. 간호사가 이름을 부르자, 진료실 안으로 들어갔다. 마르고 안경을 낀 젊은 남자 의사. 나이가 어려 보였다. 의사도 서

비스업이구나 느낄 만큼 친절했다.

"검은 눈동자가 많이 찢어졌습니다."

순간 아찔했다. 아침저녁으로 평소 하지 않던 글쓰기며 책 읽기를 해서일까. 눈동자가 놀랐나 보다. 2주일 약 처방 받고 다음 진료 날짜를 예약하고 나왔다.

'글쓰기 공부를 그만해야 하나?' 만감이 교차했다. 평소에 한라수목원 산책을 좋아했다. 글쓰기를 시작한 후로 시간을 내지 못하고 있었다. 운동시간을 늘리고, 책 읽고 글 쓰는 시간을 평소보다 줄였다. 글쓰기도 중요하지만, 무엇보다 건강이 중요하다. 건강 잃으면 다 잃는다. 가끔은 스트레칭도 하고 숲길도 걷는 시간이 필요하다. 글쓰기는 쉽지 않다. 당연히 경험이 없기 때문이다. 조금씩이라도 매일 꾸준히 할 뿐이다. 음악학원도 처음부터 성공하지 않았다. 1번의 실패를 겪으면서 더 많이 성장하게 됐다. 아픈 만큼 나의 글쓰기 실력도 좋아질 것이다.

작가라는 호칭에 설렌다. 2024년 9월. 연합회 사무실에서 오랜만에 세미나가 있다는 문자가 왔다. 같은 날짜에 바이올린 동아리 연습이 있었지만, 끌어당김의 법칙으로 인해 세미나에 참석했다. 세미나 주제가 '나의 마인드 셋'이라는 강의였다. 세미나 장소에는 20여 명 정도의 소수 회원만 참석했다. 조금 앞자리에 앉았다.

강사가 5년 후 나의 모습을 상상해 봤냐는 질문에 서슴없이

"글 쓰는 삶요!"라고 대답했다. 어떻게 그런 용기가 생겼는지 모른다. 예전 같으면 입 밖으로 내지 못하고 있었을 나였다. 작가란 호칭이 어색하지 않다. 2024년 11월 『걷고 연주하고』 25년 1월 『기다리지 말고 지금을 살아라』 전자책을 발행했다. 개인 저서 3차 퇴고 중이다. 작가의 삶이 쉽지 않다는 걸 안다. 해보지 않은 일이라 힘들다. 하지만 내 이야기를 기록하고 그 이야기들이 누군가에게 도움이 되는 삶이 될 수 있으면 좋겠다.

글쓰기를 통해 얻은 행복을 다른 사람들과도 나누고 싶다. 글쓰기는 치유의 힘을 준다. 내 안의 감정들을 글로 풀어내며 마음의 짐을 덜어낸다. 건강하고 긍정적인 삶을 살아갈 수 있다. 글을 쓰는 시간은 가장 소중한 시간이다. 그 시간을 통해 더 큰 행복을 느낀다. 삶은 끊임없이 변화하고, 그 변화 속에서 성장한다. 내면의 힘을 믿고, 새로운 도전을 받아들이는 용기가 필요하다. 당신도 새로운 도전을 통해 더 큰 행복과 성장을 이룰 수 있다고 믿는다!

그림책 작가 박 하!

박하

      글을 쓰겠다는 의지는 어렸을 때부터 잠재되어 있었다. 글짓기상을 휩쓸던 초등학교 시절 책을 끼고 사는 독서광이었다. 밤이 깊어도 마지막 장을 덮어야만 잠을 청했다. 책 읽는 재미는 상상의 나래를 펼쳤다. 학창 시절, 책과 사색이 유일한 벗이었다. 대학에서도 문학을 공부하며 작가의 꿈을 키웠다. 글 쓰는 사람으로 살고 싶었다. 그야말로 책 읽고 글 쓸 때가 가장 행복했다.

    20대부터 국어를 가르치는 강사로 시간을 보내며 일상에 젖어 있었다. 사는 일이 바쁘다는 핑계로 글쓰기는 머릿속에만 맴돌았다. 결혼 후 아내로, 두 아들의 엄마로, 며느리로의 삶이 버거울 때가 많았다. 그래도 서랍 속에 두꺼운 노트를 마련해 두었다. 일상의 단편을 써 내려가는 일을 소홀히 하지 않았다. 소중한 순간을 기억하거나 나의 흔적을 남기기 위해서인지도 모른다. 그렇게 써두었던 노트들이 언젠가는 빛을 발할 것이라 믿었다. 어느 날, 기록해 둔 글을 펼쳐보았다. 보석처럼 박힌 깨알 같은 글씨들. 글감들이 무궁무진했다.

더 이상 미뤄 둘 일이 아니었다. 두 아들 뒷바라지가 끝난 후였다. 남편의 내조도 잘해 내고 있다. 아들들은 꿈을 위해 서울로, 호주로 떠났다. 드디어 나에게도 뜨거운 계절이 왔다. 오롯이 혼자서 글쓰기에 몰입할 수 있었다. 지금도 일 년에 열 번이 넘는 제사와 대소사를 다 챙기고 있다. 해야 할 일을 소홀히 해 본 적이 없다. 그저 밤잠을 아껴 가며 글 쓰는 시간이 허락된데 감사할 따름이다.

임용고시를 준비하던 대구 생활을 청산하고 제주로 시집을 왔다. 사투리에 적응하지 못해 헤매던 시절도 겪었다. 신혼을 시부모님댁에서 함께 살았다. 어려운 점들도 무수히 많았다. 종갓집 버금가는 대소사에 눈물을 삼킨 적이 한두 번이 아니었다. 그러나 불평불만 없이 척척 해 나갔다. 두 아들을 낳고 키우며 묵묵히 견뎌 냈다. 고된 시집살이는 끝이 없었다. 오직 남편을 사랑하는 마음 하나로 극복해 낼 수 있었다. 남편 딱 한 사람만을 보고 선택한 결혼. 내 인생 전부인 사람이었고 유일한 사랑이었다. 서로 이해하고 배려하며 굴곡진 고비를 넘어올 수 있었다. 그 모든 삶이 값진 글감이 되었다.

'고진감래'는 단순하지만, 진리다. 어렵고 힘든 시간이 지나고 나니 기쁨이 찾아왔다. 남편의 강한 정신력으로 이뤄낸 자수성가. 아들들의 훌륭한 인성과 바른 삶! 행복이 무엇인지를 깨달았다. 말 그대로 고통을 참고 견디고 나니 즐거움이 찾아왔다. 그토록 하고 싶었던 일도 찾았다. '그림책 심리 치유 지도사'로 일하며 꿈꾸었던 그림책 작가의 삶을 시작하게 된 것이다. 좋아하는 계절인 여름에 글을 쓰게 되어 박 하(夏)라는 필명을 얻었다. 가슴 뛰는 일을 하다 보니 길은 계속 열렸다.

작년 눈부신 여름, 작가의 길을 인도해 주는 훌륭한 은인인 이은정 교수를 만났다. 글 쓰는 작가로 어떻게 살아야 할지 격려와 지지를 아끼지 않았다. 운명처럼 이끌려 서울을 오고 가며 전자책도 썼다. 어려움을 극복해 낸 힘은 위력을 발휘했고 거침없이 달렸다. 드디어 심리 치유 지도사로서의 경험을 녹여낸 개인 저서를 쓸 용기를 얻어 가족 심리 치유 그림책 에세이도 집필했다. 귀한 인연으로 공저의 기회도 찾아왔다. 간절히 바라면 온 우주가 힘을 모아 보내준다는 것을 증명하고 있다.

새벽 다섯 시, 첫 작품의 공저를 썼던 시간이다. 그 후로 지금까지 줄곧 같은 시간에 글쓰기를 공부하고 있다. 때론 달콤한 새벽잠이 힘들다. 눈을 뜰 수 없어 괴로운 날도 많다. 일어나 온몸을 두드려 본다. 작가의 세포에 불이 켜지는 순간이다. 깨어있는 자가 바라보는 세상을 향해 가슴을 열어젖힌다. 꿈을 향해 가는 사람에게 시간이란 자유롭지 못하다는 것을 안다. 남들이 곤히 잠들어 있는 시간에 글을 구상하고 펜을 잡는다. 생의 유일한 기쁨이자 행복이기 때문이다.

상상도 할 수 없는 일들은 계속해서 일어났다. 언젠가 반드시 그림책을 써야겠다고 맘먹고 있었다. 결코 쉬운 일이 아니라는 것을 잘 안다. 막연하기만 했는데 천운이 찾아왔다. 영어 공부하며 만난 인연이 또 다른 기회가 되었다. 러시아계 캐네디언 영어 선생님의 전공은 '아트'. 지금도 취미 생활로 틈틈이 그리고 있었다. 몇 점의 그림을 봤을 때 머릿속에 번뜩였다. 딱 그림책 속 인물들의 살아있는 표정과 닮았다. 일러스트레이터를 해주실 수 있냐고 했더니 흔쾌히 승낙해 주었다. 기적이 일어나고야 말았다.

절실하면 반드시 이루어진다는 것을 실감했다. 어느 한순간 진심이 아닌 적이 없었다. 정성과 열정으로 맺어준 결실이었다. 그렇게 즐거운 협업이 시작되었다. 그림책에 글 작가 박하, 일러스트레이터 이고르! 멋지다 못해 자랑스럽다. 차근차근히 그림책 만들기에 몰입하고 있다. 그림책 쓰기의 모든 것을 알아가고 있다. 서툰 영어 실력도 그림책 이야기를 나누다 보니 서서히 늘어 갔다. 덤으로 얻어지는 기쁨이다. 얼마나 가슴 뛰는 삶인지 표현할 길이 없다. 세계의 친구들이 우리가 만든 그림책을 들여다보는 것! 상상만 해도 어깨춤이 절로 난다.

그림책 출간은 아주 오랜 시간이 걸릴지도 모른다. 한 걸음 한 걸음 천천히 나아가기로 했다. 인생의 가장 바라마지 않던 그림책 작가의 길이 열렸으니까. 시작했다는 것, 반은 이룬 거나 다름없다. '인생은 포기하지 않고 꾸준히 해 나가는 자의 것'이라는 말이 떠오른다. 앞으로 다양한 그림책을 써나갈 것이다. '세상 아이들이 가장 아껴 주는 그림책을 쓰자.'라는 목표도 세웠다. 오늘도, 내일도 그림책 쓰는 작가로 거듭 태어날 것이다. 그림책 작가 박 하! 참으로 기적 같은 이름이다.

나를 키우는 힘

마음 가는 대로 살아볼 수 있는 여유

시냇물가

은퇴 후에도 1년 365일을 9 to 6 일하며 살고 싶은가요?

누군가 물어보면 그 입을 꿰매고 싶습니다. 너무 끔찍합니다. 은퇴 후에도 다람쥐 쳇바퀴 도는 삶을 살아야 한다면 어떨까요? 생각하고 싶지도 않아요. 이제는 남이 정해준 규칙을 벗어나 내 뜻대로 살아갈 때가 되었습니다. 일하고 싶을 때 일하고, 놀고 싶을 때 놀고, 하고 싶은 일 하면서 살고 싶거든요. 지금까지는 가족의 생계와 자녀교육을 위해 살아왔어요. 살아보고 싶은 삶이 따로 있지만 어쩔 수 없이 살아온 거죠. 하지만 이제부터는 하고 싶은 일 하면서 살아야 하지 않을까요? 한 번

뿐인 인생, 죽을 때까지 먹고 살기 위해서만 일해야 할까요? 너무 억울한 일입니다. 앞으로는 돈을 버는 일과 삶을 즐기는 일에 대한 비중을 바꾸고 싶습니다. 쓸쓸이? 필요하다면 줄이면 되는 거죠. '하고 싶은 일 하면서 노후 보내기' 인생 제2막은 진정으로 내가 원하는 삶을 살아볼 겁니다.

그렇다고 아무것도 하지 않고 살 수는 없습니다. 사람은 무엇이 되었든 일하면서 살아야 하는 존재입니다. 자유롭게 노는 것도 한두 달, 예전만큼은 아니더라도 어느 정도의 일은 필요합니다. 앞으로의 삶을 건강하고 균형 있게 리빌딩하는 겁니다. 은퇴 후 하는 일 없이 지내는 사람과 일 하면서 살아가는 사람은 다릅니다. 느껴지는 분위기가 다르죠. 전자는 왠지 생기가 없고 무기력합니다. 후자는 활력이 샘솟고 자신감이 넘칩니다.

80년대 후반부터 2025년 초, 현재까지 직장생활하고 있습니다. 젊은 나이에 실직한 사람들에 비하면 참 행복한 직장생활을 하고 있죠. 더구나 정년까지 다닐 수 있으니 복 받은 삶입니다. 참 감사할 일이죠. 하지만 저는 가지고 있는 것보다 다른 것을 더 욕망하는 존재인가 봅니다. 이제는 조직의 시스템에서, 타인이 정해놓은 틀이나 규칙에서 벗어나고 싶습니다. 피곤하고 힘들 때 쉴 수 있고, 타인에 의해 간섭받지도 침해받지도 않는 자유스러움, 그것을 누리며 살고 싶습니다. 올해 정년을 맞아 은퇴합니다. 쏠쏠이를 줄이더라도 더는 돈을 벌기 위해 살지 않을 겁니다. 몸과 마음을 힘들게 하거나 불편하지도 않게 하려고요. 그러지 않는 척하는 삶도 스톱입니다. 마음이 살찌고, 영혼이 풍요로워지는 삶의 여유를 누리며 살아갈 겁니다.

첫째, 재충전 시간을 가질 예정입니다. 인생 2막을 위한 쉼. 새로운 열정을 충전하고 새로운 삶을 설계합니다. 그리고 취득한 전문자격증으로 손해평가 일을 할 겁니다. 과수 및 농작물에 집중적으로 재해가 발생하는 5개월 정도가 바쁜 시기입니다. 일을 더 하고 싶어도 재해가 발생하지 않으면 할 수가 없습니다. 손해평가 일을 하다 보면 전국의 농촌을 다니게 되죠. 각 지방을 경험할 기회입니다. 사람들의 삶은 어떤지, 특산물은 뭔지, 멋진 자연환경은 어떤지……. 일이 끝나면 바로 돌아오지 않고 그곳을 속속들이 접해볼 겁니다. 산에도 올라가 보고, 트래킹도 하려고요. 저렴한 그린피로 라운딩도 즐겨볼 겁니다. 생각만으로도 기쁘고 즐겁습니다.

둘째, 손해평가 일이 없을 때는 숲 해설을 할 겁니다. '숲 해설가' 자격증이 있거든요. 숲 해설가는 풀과 나무 그리고 생물들에 대해 해설하는 산림전문가입니다. 각 지자체에서 숲 해설 프로그램을 운영하고 있어요. 수목원, 자연휴양림 그리고 일정 규모 이상의 공원에서 이루어집니다. 일반인들이 정서함양과 인문학적인 교감을 나눌 수 있는 유익한 프로그램입니다. 숲을 통(通)해 사람들에게 영감을 줄 수도 있습니다. 조금의 소득도 발생합니다만 저는 재능기부로 봉사하려고 합니다.

'숲길등산지도사'라는 자격증도 있습니다. 전국의 유명한 산이나 둘레 길에 대한 안내, 임도 관리 등의 일을 할 수 있는 자격증입니다. 사시사철 산과 숲에서 근무하죠. 자연 속에서 일해 볼 기회입니다. 숲길등산지도사로 근무하며 1년씩 각 지방에서 살아보고 싶습니다. 며칠씩 머무는 것과 거기서 사는 것과는 많은 차이가 있겠죠.

달리기도 빠질 수 없는 루틴입니다. 전국을 다니며 자연 속에서도 달리는 것이죠. 이름 모를 풀과 나무를 보면서, 초록 향기 가득한 바람을 느끼면서 달리는 것은 덤입니다. 기대됩니다. 모든 운동이 다 그렇지만 달리기는 특히 묘한 매력이 있습니다. 달리다 보면 여러 생각이 오갑니다. 수 없이 스쳐 지나가는 생각들, 평소 고민하는 것들, 많은 생각이 차곡차곡 정리될 때도 있습니다. 풀리지 않은 문제들에 대한 실마리가 떠오를 때도 있고요. 달리기라서 가능한 거죠. '달리기 명상'이라고나 할까요? 달리다 보면 몸 안의 찌꺼기가 땀으로 빠져나옵니다. 생각의 찌꺼기들도 배출되는 느낌입니다. 달린 후 샤워는 너무 상쾌합니다. 샤워 후 마시는 소맥 한잔은 꿀맛이죠. 운동화만 있으면 언제 어디서나 즐길 수 있는 운동인 달리기, 강력히 추천합니다.

나를 키우는 힘

셋째, 때때로 글도 쓰려고 합니다. 농촌 풍경, 농부들의 애환, 그 고장의 풍물 등. 각 지방의 속살을 자세히 느끼고 경험하겠지요. 글감으로 차곡차곡 쌓아두었다가 글을 쓸 겁니다. 숲 해설하면서 만난 꽃과 풀, 나무, 생물 그리고 숲에서 교감을 나눈 사람들과의 이야기도 빠질 수 없겠죠. 숲길등산지도사로 만난 수많은 산과 거기에 담긴 이야기들, 달리면서 느끼고 생각한 단상들, 바람이 전해준 이야기들도요.

누구의 간섭도 받지 않고 자유롭게 살아갈 앞으로의 삶이 기대됩니다. 계획을 세워 하나하나 준비한 결과입니다. 퇴직 후의 삶에 대한 진지한 고민과 계획 그리고 실행이 가져온 라이프 스타일입니다. 나만의 2막을 그려 봅니다. 남과 비교할 필요가 없습니다. 비교는 아무런 도움이 되지 않습니다. 스스로 만족하면 됩니다. 조그마한 거라도 내가 하고 싶은 것을 찾아봅니다. 생각만 말고 시도하고 행동해 봅니다. 당신의 자유로운 인생 2막을 응원합니다.

'나다운 일'을 하며 살다

양정숙

       매일 같은 루틴으로 산다는 것은 감사한 일입니다. 그 루틴 안에 삶이 정리되고, 나를 인정하는 시간이 포함되어 있기 때문이지요. 어느 날, 스스로 이렇게 물었습니다. '나는 진정으로 잘 살아가고 있는가? 아니면 그저 반복만 하고 있는가? 나는 성장해 나가고 있는가?' 변화를 향해 한 걸음 나아간다는 것은 내가 아는 모든 것을 내려놓는 것이 아닙니다. 그것은 새로운 바람이 나의 세계로 들어오도록 하는 것이고, 알려지지 않은 것을 위한 공간을 만드는 것이고, 아무리 작더라도 새로운 것을 향해 걸음을 내딛는 것입니다.

"선생님은 왜 이렇게 예뻐요?"

앞자리 나이가 6으로 바뀌었어도 아이들에게 이런 말을 듣는 날은 종일 기분이 좋습니다. 아마도 친절하다는 뜻이겠지요. 아이들과 함께하는 이 일은 아무리 생각해도 천직임이 틀림없습니다. 딱히 잘하는 게 없고, 예쁘지도 않습니다. 자신을 특별하다고 생각하지도 않습니다. 하지만, 원에 들어서는 순간 아이들의 순진한 눈빛이 저를 그렇게 느끼게 합니다. 그들의 세계에서 저는 따뜻하고 친절한 선생님이고, 신뢰하고 존경하는 사람입니다. 그것만으로 제 마음은 감사로 가득 채우기에 충분합니다.

돌이켜보면, 인생의 많은 시간을 일에 쏟으며 보냈습니다. 내가 잘할 수 있는 것은 지금 하는 일에 최선을 다하고 인정받는 일이었지요. 친구를 만나는 것도, 나를 챙기는 것도 돌아보지 못하고 살아왔습니다. 오롯이 일! 일! 일! 그것이 일상이었고, 똑같이 반복되었습니다. 살아온 시간이 빠르게 지나가는 것 같았고, 멈추지 않고 그냥 앞으로만 달려가는 것 같았습니다. 하지만 지금은 다르게 보입니다. 후회하는 대신, 감사함을 느끼기로 했습니다. 무언가에 온전히 헌신하고, 제 노고를 인정받고, 제 나름대로 영향력 있는 사람이라는 것은 의미 있는 일이니까요. 일상이 그저 반복되는 거처럼 보일지 몰라도, 매

일은 '내가 누구인가?'를 알아가는 여정이었습니다. 물론, 여전히 휴식을 갈구합니다. 속도를 늦추고, 저만을 위한 시간을 꿈꾸는 순간들이 있습니다. 그러나 최근에 관점이 바뀌었습니다. 피로와 휴식에 집착하기보다는 일상생활 속에 숨겨진 기쁨을 떠올리기로 했습니다. 아이들이 주는 소소하고 따뜻한 행복, 제가 하는 일에 대한 목적의식, 그리고 필요한 사람이라는 가치입니다. 인생은 대단한 업적이나 끊임없는 성과에 달린 것이 아닙니다. 때로는, 살아간다는 의미는 내가 깨닫고 있는 것 이상의 많은 진실을 담고 있습니다. 아마도 그것을 알아가는 것만으로 충분한 인생입니다.

나는 조용필의 오랜 팬입니다. 그를 직접 만나 이야기를 나눠 본 적은 없습니다. 단 한 번도요. 하지만 그게 제 행복을 줄이는 건 아닙니다. 처음에는 그냥 오빠라고 부르며 좋아했던 소녀였지요. 그가 여전히 활동하고, 노래하고, 세상과 음악을 공유한다는 사실만으로도 꾸준한 기쁨을 느낍니다. 멀리서라도 그의 존재는 선물처럼 느껴집니다. 그것을 소중히 여기며 살고 있어요.

드디어, 작년 12월 22일에 콘서트에 참석했고, 그 경험은 제 인생을 바꾸는 계기가 되었습니다. 그가 75세의 나이로 무대에 서서 2시간을 완벽하게 채워내는 모습! 역시 가왕다운 모습에 또 한 번 반한 것이지요. 그날 밤, 내 안의 무언가가 깨어났

나를 키우는 힘

습니다. 내 삶과 일, 목적에 대해 성찰해 보았습니다. 이미 많은 걸 성취한 조용필이지만, 끊이지 않는 열정으로 최선을 다하면 어떨까? 나는 얼마나 더 많은 것을 할 수 있을까? 내가 사랑하는 일을 얼마나 더 계속할 수 있을까? 뭔가를 얼마나 오래할 수 있는지 걱정하지 않고 과정에서 기쁨을 찾을 수 있는지에 대해 생각해 보았어요. 일, 취미, 평범한 일상생활이든, 이제 내가 할 수 있는 한, 자신을 진심으로 믿어야 한다는 사실을 깨달았지요. 열정을 지닌 조용필처럼요. 자신이 좋아하는 일을 평생 성실하게 해내야 건강해집니다. 팬이 있다는 것은, 그가 여전히 노래하고 있다는 증거죠. 어떤 일이든 즐겁게 하는 게 나를 행복하게 만드는 비결이랍니다. 오랫동안 좋아하는 일을 계속할 것이고, 이루어 낼 자신이 있습니다. '언제까지'가 아니라 '할 수 있을 때까지 하는 게 행복이구나'를 느꼈지요. 할 수 있는 한 오래도록 사랑하는 일을 해 나갈 거예요.

종종 학부모님들께 이야기해 줍니다. 아이들이 졸업하고 성인이 되어, 어렸을 때 다녔던 좋은 기억을 떠올려 보는 게 얼마나 행복한 일인지를요. 그곳이 나날이 번창하고 발전된 모습을 보면 졸업생 아이들도 뿌듯할 것이라고요. 그것은 우리보다 먼저 온 사람들의 노력, 이끌어준 교사들, 그리고 끊임없이 이어지는 꿈에 대한 실현이니까요. 이를 바탕으로 새로운 책임을 느낍니다. 이 순간 제 일에 최선을 다하려고 합니다. 사회에 기여하고, 성장하고, 제가 할 수 있는 모든 방법을 동원해서 보답할 기회예요. 과거의 경험이 저를 성장시켰고, 이제 감사와 보답, 주어진 시간에 최선을 다하겠다는 의지로 나아가려 합니다.

교육은 항상 진화하고 있습니다. 새로운 방법이 생겨나고, 흥미로운 것들이 쏟아져 나오고 있어요. 교육의 방향이 바뀔 때마다 한 걸음 물러나서 질문합니다. 교육의 초점을 어디에 두어야 할까? 핵심은 무엇이어야 할까? 부모이자 교육자로서 정해진 방식만을 따르는 것은 의미 없습니다. 아이들이 힘을 키워 나갈 수 있도록 안내해 주는 것이죠. 아이는 아이다울 때 빛이 납니다. 자기가 하고 싶은 걸 맘껏 있는 그대로 표현해 나가길 바랍니다. 결국, 자신의 선택이 옳은 것이 되도록 인도하는 것이 중요합니다. 규칙을 받아들이는 대신, 자신의 가치를 소중히 여겼으면 좋겠습니다. 자신이 좋아하고 믿는 일을 하는 것이 삶의 기쁨이니까요. 그 속의 옳고 그름을 알려주고, 옳은 방향으로 나가도록 돕는 것에 충실하면 됩니다.

그러기 위해서는 더 많은 책을 읽고, 타인의 경험에서 얻은 지혜와 내 삶 속에서 깨달은 지혜를 접목해서 지도해 나가고 싶습니다. 하루를 계획하고 일주일, 한 달, 일 년 후, 십 년 후를 떠올리며, 이루고자 하는 걸 실행에 옮길 생각입니다. 가끔 쉬어가는 여유도 잊지 않으면서요. 오늘 하루를 열심히 살아내는

나를 키우는 힘

것이 나다운 일이라 생각하면서.

단지 지식을 얻기보다는 다른 길을 걸어온 사람들의 지혜를 배우기 위해 많은 책을 읽습니다. 그들의 경험을 내 삶에서 녹여내어 새로운 관점을 갖도록 하기 위해서죠. 때로는 성공에서 통찰력을 얻지요. 변화와 성장은 우연히 일어나지 않으니 의도적으로 깨어있어야 합니다. 그래서 항상 계획을 세웁니다. 오늘, 앞으로 몇 주, 몇 달, 심지어 몇 년을 위해서 멀리 내다보는 것이지요. 1년 동안의 비전, 10년 동안의 꿈. 그 여정을 위해 가끔은 멈추고 쉬어가라고 일깨워줍니다. 오늘을 힘껏 껴안습니다. 목표와 성취를 위해 온전히 사는 거지요. 앞으로 한 걸음 내디딜 때마다 새로운 지평이 열릴 거라고 확신합니다. 그렇게 살아가는 모습이 가장 나다운 것이니까요.

꿈을 꾸고 움직이면 현실이 된다!

이미자

　　"선생님은 힘들어 본 적 없잖아요! 선생님도 나처럼 그렇게 힘들어 봤어요?"

　　40대 여성 내담자가 저항이라도 하듯 자신의 마음을 토로하였다. 때로는 직면의 질문이 아프기도 하다. 그의 말이 맞기도 하다. 힘들어 보지 않은 사람이 힘든 사람의 마음을 어찌 다 알겠는가? 그래서일까? 격렬한 부부 싸움, 사랑하는 엄마의 죽음, 어린 아들의 열 경기로 생사를 오가는 순간, 박사 과정 공부를 하며 몸을 돌보지 않아 내게 온 불청객 구안와사, 뜻하지 않은 사기, 남편의 주식으로 재산탕진 등등. 크고 작은 시련을 겪어

본 사람이어서 맘이 지치고 어려운 사람들을 만나는 일을 하는 걸까? 부부 싸움 해 본 사람이 부부 싸움을 왜 하는지 알 수 있다. 격렬한 갈등과 문제 해결을 위한 적극적인 배움과 대처 능력은 자신과 타인에 대해 폭넓은 이해를 하게 했다. 다양한 경험에서의 분투는 그들을 위로하고 공감하기에 필요충분조건이 되었다. 유아교육 기관에서 자녀로 인해 힘든 부모가 양육 상담을 한다. 자녀의 문제라기보다는 부부의 문제이거나 부모 자신의 문제가 대부분이다. 결국, 건강한 나를 위해 필연적인 것은 '나를 마주함이 나의 변화의 시작'이다. 나의 삶을 드러내어 강의와 상담 현장에서 공유한다. 그것이 그들과 나의 거리를 좁혀주는 방법이기 때문이다.

"왜 당신은 나한테만 그렇게 냉정해?"
"다른 사람은 돈을 주니깐! 당신도 내담자로 와! 그러면 들어주고 같이 문제 해결을 위한 시간을 가질 수 있어."
남편의 말에 나도 받아친다. 학습된 F 감성은 상담 현장과 타인에게는 잘 적용할 수 있다. 유독 남편에게 공감해야 하는데도 리얼 T가 불쑥불쑥 튀어나온다. 대화를 나누는 동안 차이를 발견한다. 남편은 이해만 받고 싶은 듯하다. 자신의 문제를 직면하며 나누는 것을 어려워한다. 충분히 그럴 수 있음을 안다. 다루기 전에 무의식적 감정에 압도되어 마주함이 불편함을……. 그런 남편을 이해하고, 그의 성향과 배경을 받아들이

기로 했다. 그는 소중한 사람이니까.

  갈등이 생길 때마다 무엇이 문제인가 생각한다. 무엇을 하고 싶은지, 무엇을 잘 하는지, 무엇이 부족한지를 먼저 알아차리고 받아들이는 시작점을 직면한다. 반성적 사고를 통해 문제를 풀어갔다. 메타인지가 높은 학생이 공부를 잘한다고 한다. 내가 무엇을 모르는지, 어느 만큼 아는지, 해야 할 것이 무엇인지 아는 것이다. 잘 되고 싶다면 어떻게 하면 되는지, 잘 되는 기준이 무엇이고 지금 현재의 나는 어디에 위치하는지를 알아야 한다. 막연하게 부자가 되고 싶고, 막연하게 멋지게 살고 싶다는 이상적인 생각은 누구나 한다. 이상과 현실의 거리를 좁힐 때 이상이 현실이 되는 순간이다. 거저 얻어지는 것이 아니다. 바로 도전, 끈기, 인내, 근면, 책임감 등이 발현되어야 한다. 분명한 것은 꾸준히 그 자리에서 1만 시간을 보내다 보면 달인까지는 아니더라도 전문성을 갖추게 된다. 보통 사람은 꿈을 꾸면서 첫발을 내딛지만 얼마 지나지 않아 포기한다. '되긴 되는 걸까'에 대한 불확실성은 끈기를 발휘하지 못하게 만든다. 두려움과 지루함에서 오는 거다. 때로는 꿈을 좇다가 금세 포기하고 새로운 것을 찾아 떠나게 되거나 멈추게 된다. 늘 새로운 일을 시작만 하지 좋은 결실을 이루지 못한다. 나도 그런 사람이었다. 하고 싶은 것도 많고 되고 싶은 것도 많았던 젊은 20대, 끈기와 대가 지불이 있어야 단단한 인생의 주인공이 된다는 것을 막연하게만 생각했다. 놓지도 못하고 여기저기 두리번 거리며 헤매는 시간은 인정하고 싶지 않은 찌질함이었다. 그땐 참 아팠다. 잘 난 줄 알았는데 잘 난 것이 하나 없었다. 열등감을 자존심으로 위장하여 센 척이나 하는 그런 나를 마주하면서 다시 첫걸음을 떼기 시작했다. '시간을 채우자, 견디자, 돌파하자!' 만 시간을 버틸 수 있었다. 간절함이었다. 리얼 T를 타인이 아닌 나에게 맘껏 쓰며 현실을 직면하게 했다. 철저하게 나를 해체했다. 때로는 나를 비웃기도 하고, 한심한 삶을 살았음에 질책도 했다. 그렇게 마주한 나에게 '아직 끝이 아니야!'라고 위로하며 내가 가진 자원을 다시 찾고 발휘했다. 처절하게 바닥에서 헤매었고, 사기를 당한 후 심리적 소진, 친한 친구를 떠나보내는 슬픔……, 아마도 연륜을 무시하지 못하는 이유가 아닐까. 그렇게 꿈과 희망을 향한 대가 지불을 톡톡히 했다. 놀이지도 강사와 부모교육 전문가로서 만 시간을 채웠다. 타인의 아픔을 진심으로 공감하며 자신의 문제를 객관화하며 바라볼 수 있는 상담사가 되었다. 성경에 이런 구절이 있다. '고난이 유익이다.' 내 얘기다. 시련이 나를 성장하게 하는 발판이었고, 고난을 극복하는 과정이 자양분이 되었다. 폭풍우가 오면 흔들리는 것은 당연하다. 시련은 아프고 힘겹다. 그러나 그 자리에서 방법을 찾아 무엇이라도 하다 보면 고꾸라지지 않는 유연함과 강인함이 생긴다. 시련이 올 때도 감사함을 고백하는 것이 선순환의 시작임을.

노년이 기대된다. 여전히 꿈을 꾼다. 작은 일이든 큰일이든 도전을 하는 삶을 살아갈 것을 안다. 그냥 내가 참 좋다. 롭 무어는 이렇게 말했다. "지금 시작하고 나중에 완벽해져라!" 이게 딱 나다. 잘 하려고 하는 게 아니라 하고 싶었기 때문에 그냥 시작했던 사람이었다. 시작을 두려워하지 않았고, 하고 싶을 때 무엇이라도 해보는 것으로 만족했다. 그 만족에서 끝나더라도 그냥 그게 좋았다. 생각만으로 끝나지 않았다. 무엇이든 해 나갈 수 있는 사람이라는 것을 확인하는 것만으로 충분했다. 아직도 난 완벽하지도 잘하지도 않는다. 그냥 좋아하는 일을 하다 보니 여기까지 왔다는 것을 말하고 싶다. 미래가 불확실해서 불안한 사람들에게 전한다. 첫째, 좋아하는 일을 찾자! 좋아하는 일이 없으면 해 보고 싶었던 것을 적고 그냥 일단 해보자. 둘째, 꾸준히 하자! 좋아하거나 재밌거나 싫지 않다면 꾸준히 해보자. 셋째, 실력을 쌓기 위해 배우자! 자신을 고급지게 하기 위해 갈고 닦아야 한다. 오래된 자전거는 소리가 난다. 기름칠을 치지 않으면 안 되듯 뇌에 기름칠을 치는 것은 읽고 배우는 습관을 갖는 것이다. 나의 자녀에게만이라도 엄마의 마음이 닿길 바란다.

어느 교육에서 미래에 되고 싶은 나를 나눔 한 적이 있다. '네이버에 내 이름 치면 나오기', '단독주택 집에서 1층 사무실 출근하기', '푸른하늘 장학재단 설립하기'. 그렇게 나의 '꿈씨'를 심었고, 열매를 맺었다. 네이버에 아이맘공감 연구소를 치면 '이미자 소장'이 나온다. 타운하우스 1층 사무실에서 이 글을 쓰고 있다. 뿌듯하다. 처음은 말도 안 되는 꿈을 꾼다고 생각할 수 있다. 포기하지 않으면 언젠가는 현실이 된다는 것을 경험했다. 성공한 유명인의 이야기만이 아니다. 꿈을 꾸지 않으면 꿈을 이룰 수 없다. 각자의 내면의 소리에 귀 기울이는 연습을 통해 한 발을 내딛기를 응원한다. 아무것도 하지 않으면 아무 일도 일어나지 않는다. 무슨 일이라도 하면 새로운 무엇인가가 딸려 나와 더 많은 것을 경험할 수 있다. 아직 이루지 못한 '푸른하늘 장학재단'과 '이미자 작가'의 실현을 위해 오늘도 움직인다.

꿈이 실현되는 순간을 상상해 본다. 양자역학에 의하면, 사람은 에너지를 끌어당기는 힘이 있다고 했다. 모든 세상이 나를 돕고 있다고 믿는다. 가장 큰 믿음은 '예수님의 자녀'의 특권으로 살아가는 것이다. 그분에 대한 감사함과 경이로움에서 나오는 기쁨으로 난 내일을 또 꿈꾼다. '하나님의 꿈이 나의 비전이 되고, 예수님의 성품이 나의 인격이 되고, 하나님의 권능이 나의 능력이 되길 원하고 바라고 기도합니다.' 찬양 가사다. 아름다운 세상을 만들어가는데 누군가에게 선함으로 조금이라도 보탤 수 있는 삶이기를 바란다.

오늘도 한 걸음 나아간다

이은정

강당에 들어서자 부드러운 카펫이 발을 감싼다. 마음이 편안하다. 강의장 온기는 차분한데, 묘한 긴장감이 느껴졌다. 윙윙거리는 빔프로젝터 소리, 미묘한 웅성거림. 공간을 가득 메웠다. 머리 위에서 내려오는 조명이 강당을 비추어서 그런가. 실내 분위기가 아늑했다. 회원들은 정숙하게 앉아 있었다. 기대와 호기심으로 가득 찬 에너지가 나를 압도했다. 잘할 수 있다고, 이건 내가 사랑하는 일이라고, 바로 내가 자랑스러워하는 순간이라고 마음속으로 되뇌였다.

마이크를 잡자, 차갑고 단단한 금속의 감촉이 손바닥에 닿았다. 약간의 긴장감이 손끝으로 전해졌다. "안녕하세요, 저는 오늘 여러분과 '자원 순환 플랫폼'에 대해 이야기할 강사입니다." 첫 목소리가 강당 안에 울렸다. 모든 사람의 시선이 나에게로 향했다. 마이크가 살짝 미끄러지며 떨어졌다. 다시 마음을 잡고 강의를 이어 나갔다. 빔프로젝터의 흰빛이 스크린을 꽉 채웠고, 화면 속에 정리된 프로필이 보인다. 사람들의 눈은 스크린과 나를 번갈아 가며 주목했다. 선명하고 다채로운 슬라이드, 강렬한 동영상. 여기저기 탄성이 들린다. 초롱초롱 빛나는 눈, 차분한 표정으로 몰입한다. 실내의 온기가 뜨거웠다. 긴장이 약간 풀렸고, 이내 강의에 집중했다. 묵직하지만 부드러운 긴장과 기대가 느껴졌다.

시간이 갈수록 목소리에 점점 더 힘이 들어갔다. 자원 순환과 환경 보호는 단순한 프로젝트가 아니다. 우리의 일상에 스며들어야 한다. 몇몇 참석자들은 고개를 끄덕인다. 앞줄에서는 조용히 손뼉 치는 소리도 들린다. 무언가 메모하는 사람도 있다. 공감과 긍정적인 표정이다. 질문 시간, 한 참석자가 손을 높이 들었다. 강당 안이 잠시 고요해졌다. "이 플랫폼이 지역사회에 실질적으로 어떤 변화를 가져올 수 있는지 궁금합니다." 목소리가 또렷했다. 입꼬리를 살짝 올리며 답했다. "자원 순환 플랫폼은 단순히 쓰레기를 재활용하는 것에 그치지 않습니다. 사람들을 연결하고 지역 경제를 활성화할 수 있습니다. 예를 들어, 애착하는 물건은 오래 사용할 수 있고요, 만약 물건을 버린다면 새로운 주인을 만날 수 있지요. 이러한 과정이 공동체를 강화할 수 있답니다."

박수와 함성. 단순한 찬사가 아니었다. 공감과 지지의 표현이었다. 뿌듯했고, 감회가 새로웠다. 바로 이 순간이 내가 이 일을 하는 이유다. 경기도 16개 시군구, 약 500여 명의 회원을 만났다. 매번 이와 같은 연결의 순간들을 경험했다. 내가 속한 단체에 대한 자부심이 생겼다. 강연자로서의 보람도 확인했다. '내가 하는 일이 사람들에게 진정한 변화를 줄 수 있구나!'라는 깨달음은 나에게 큰 자산이 되었다.

책상 위에는 메모장, 볼펜, 포스트잇, 그리고 작은 일기장이 놓여 있다. 하루를 마무리하며 일기장을 펼치면 손에 익은 질감이 나를 안심시킨다. 펜을 집어 첫 줄을 쓴다. 복잡했던 머릿속 생각들을 하나씩 끄적거린다. 글을 쓰는 동안 주변은 고요하다. 볼펜의 사각거리는 소리만이 공간을 채울 뿐이다.

처음엔 단순한 하루의 기록이었다. 그날 있었던 일을 적고, 소소한 생각을 나열하는 정도랄까. 점점 글쓰기가 달라졌다. 언젠가 어린 시절 아픈 기억이나 실패했던 순간들을 적었다. 감정이 정리되는 듯했다. 때로는 눈물이 났고, 때로는 웃음이 나왔다. 마음속 단단하게 뭉쳐있던 응어리가 서서히 풀렸다. 나를 치유하는 도구였고, 나 자신을 마주하게 하는 거울이었다.

출간 준비를 하며 마지막 교정을 보던 때가 기억난다. 다 쓴 100페이지 분량의 원고를 출력했다. 잉크가 마르기 전이라 그런지 시큰한 흙냄새가 은은하게 났다. 페이지를 넘길 때마다 종이의 질감이 손끝에 생생하게 느껴졌다. 한 문장 한 문장 찬찬히 읽었다. 과거의 고통은 이제 상처가 아니다. 어쩌면 지금의 나를 있게 한 성장의 흔적이었다. 입꼬리가 살짝 올라간다. 나의 이야기가 다른 사람들에게 도움을 줄 수 있으면 좋겠다.

매일 글을 쓴다. 힘든 날은 세 줄, 괜찮은 날은 한 페이지를 다 채운다. 습관으로 자리 잡았다. 짧지만 꾸준한 글쓰기, 분명 나를 성장시켰다. 아무리 작은 기록도, 나를 더 강하게 만든다. 내 글이 누군가에게 도움이 되면 좋겠다. 현재 글쓰기 코치로 활동하며, 연구하고 강의한다. 내가 보고 듣고 경험한 것으로 글도 쓴다. 매일의 글쓰기와 생각 정리! 단언컨대, 일상에 작은 변화를 가져온다. 물론 그 변화는 언젠가 나에게 희망으로 돌아올 것이다.

작은 한 걸음이 내 인생으로 연결된다. 매일 글 쓰는 습관이 나를 성장시킬 것이다. 글을 쓰면 오만가지 생각이 정리된다. 시도 때도 없이 일렁이는 감정을 이해하고, 두통이나 일상의 어려움도 이겨낸다. 나아가 나를 특별하게 만드는 무언가가 찾아온다. 물론 쉽지는 않다. 완벽하지 않아도 된다. 멋진 도구나 긴 시간도 필요 없고, 간단한 노트와 펜만 있으면 끝이다. 매일 세 가지를 적어본다.

오늘의 기분, 오늘 배운 점, 오늘 감사한 점.

살면서 도전에 직면했을 때, 꼼짝 못 하거나 두려워할 때가 많았다. 하지만 이젠 안다. 두려움과 불안은 첫걸음의 동반자일 뿐이라는 사실을. 매일의 도전과 꾸준한 실천만이 나를 더 단단하게 만든다. '한마디 말', '한 줄의 글'이어도 괜찮다. 어느 것 하나 중요하지 않은 게 없다. 모든 생각과 경험은 나와 다른 사람들에게 영감을 줄 테니까.

삶은 한 걸음 더 나아갈 때마다 새로운 가능성을 열어준다. 강연장에서 사람들과 연결되어 개인적인 사명을 재확인했다. 글을 쓰면서 내면의 평화를 찾았다. 모든 것들은 누군가에게 도움을 주고자 한 거다. 나에겐 중요한 전환점이 되었다. 작은 행동일지라도 주저하지 않으면 된다. 내 생각을 이해하고, 마음을 치유하고, 나를 더 강하게 만드는 데 분명 도움이 될 거다. 경험을 공유하든, 문제를 해결하든, 미래에 대해 꿈꾸든, 강연과 글쓰기는 잠재력을 발견하는 하나의 방편이다. 나를 더 넓은 세계로 인도하리라 확신한다. 재차 강조한다. 거창한 변화가 필요한 건 아니다. 작은 실천, 진정한 연결, 그리고 나만의 목소리를 내는 용기가 바로 시작이다. 매일 한 걸음을 나아가면 된다. 상상 이상의 변화가 나를 기다리고 있으니까! 창문 너머 태양이 유난히 반짝인다.

나를 키우는 힘

새로운 인연을 만나다

이향숙

       15년의 상담 경험은 나에게 축복이었습니다. 물론 좋은 경험만 있었던 것은 아닙니다. 사회복지사로, 상담사로 첫 길을 열어주었던 사람과의 인연이 끝났거든요. 몇 년간 보조금이 지원되지 않는 상황에서 개인 돈으로 상담소를 운영했죠. 그 일은 아무나 할 수 없다고 생각했기에 대단해 보였고 존경했어요.

  마음을 다하여 열심히 한 것이 위협으로 느껴졌을까요. 아니면 조금씩 성장하고 있는 내 모습이 보기 싫어서일까요. 일주일 전, 내가 그만두면 문을 닫겠다고 울면서 말했던 사람이었는데, 갑자기 말일까지만 근무하라고 하더군요. 이미 다른 상담사는 보름 전 퇴사했고, 둘만 근무하고 있었지요. 이유는 말하지 않았고, 나도 묻지 않았습니다. 배신감이 들었습니다. '이런 사람이었다니!' 뒤통수를 맞은 것만 같았어요. 상담소 정부보조금 지원받기 위해 많이 애썼거든요. 정부 보조금 지원받게 되었으니 계획된 나의 역할은 여기까지였구나! 후회되었습니다. 마지막까지 할 수 있는 모든 것을 했지만, 믿음과 의리를 저버린 것에 대해서는 여전히 불쾌했습니다.

억울하고 분해서일까요. 마음은 우울했고, 가슴은 답답했습니다. 근처를 지나갈 때면 마주치지 않을까 불안했지요. 심장 뛰는 소리가 들릴 정도였죠. 다시는 우연이라도 마주치고 싶지 않았어요. 왜 당한 내가 힘들어야 하는지……. 하지만 그 상처를 치유 받지 않으면 다른 내담자를 만나 상담할 수 없을 것 같았습니다. 무려 2년이라는 시간 동안 고통스러웠고 아팠지요. 사람한테 받은 상처는 사람으로 치유한다는 말이 있습니다. 나역시 새로운 인연을 만나고부터 조금씩 괜찮아졌습니다. 지금은 그 사람을 만나면 내가 먼저 다가가 인사합니다. 그는 달가워하지 않는 것 같지만, 미운 감정이나 원망하는 마음은 사라졌습니다. 얼마나 편안한지요.

학창 시절, 있는 듯 없는 듯 조용한 학생이었어요. 나도 내가 많은 사람 앞에서 강의나 교육을 하게 되리라고는 생각하지 못했지요. 지금 그 일은 재밌습니다. 첫 교육은 경찰관 대상 폭력 예방 교육이었어요. 무슨 자신감이 있어서 한 것은 아니었습니다. 폭력상담소에서 근무하다 보니 경찰서에서 의뢰가 들어왔지요. 강의 경험이 없었지만 나에게 배정이 되었죠. 강의안 만드는 것부터 배웠고, 교육자료를 달달 외워서 교육장에 갔습니다. 행사가 있었는지 제복 입는 경찰관들로 자리가 차 있더군요. 몸은 떨리고 가슴은 두근거렸습니다. 강단에서 내려올 순 없었지요. 연습했던 대로 강의를 진행했습니다. 곧 떨림은 사라졌고 현장에서 경험했던 사례를 말했지요. 대상자들과 소통하고 있는 나의 모습이 느껴졌습니다. 새로운 나의 모습을 발견했습니다.

첫 강의 후 자신감이 조금 붙었습니다. 이번에는 대학 교직원이 대상이었습니다. 의무교육이었지요. 관심이나 호응도는 별로였습니다. 최선을 다해 교육을 마친 후 상담소로 복귀, 강의를 들은 교수가 학과와 이름까지 밝히면서 질문이 있어 전화했다는 내용을 전해 들었습니다. 순간 얼굴이 빨개지고 심장이 쿵쾅거렸습니다. '혹시 내가 강의 중 잘못된 정보를 제공했던가? 아니면 내가 너무 강의를 못 해서 항의 전화를 한 것일까?' 복잡한 생각을 뒤로한 채 전화기를 들었습니다. 그 교수가 직접 받더군요. 오늘 교육 내용 중에 불편한 점이 있었는지를 먼저 꺼냈죠. 다행히도 오늘 교육 내용은 좋았다고 하는 겁니다. 강의 목소리가 차분해서 신뢰와 믿음이 간다고. 안도의 숨을 크게 내쉬었습니다. 본인은 원래 이런 사람이 아니라며 말을 이었습니다. 한쪽 다리에 장애가 있으며, 학생들에게 가르치는 과목을 알려줍니다. 또 아직 미혼이며 여러 차례 소개받아 여성을 만났는데, 조건부로 만나자는 제의를 했답니다. 그런 이유로 내 주변에 있는 사람은 믿을 수 있을 것 같으니 소개해 달라는 내용이었습니다. 당황스러웠지만, 싫다고 말하지 못했지요. 알겠다고 얼버무렸을 뿐, 그 후로 따로 연락하지 않았습니다.

두 번의 암 수술과 담낭 제거 수술 이후, 웰다잉에 관심이 갔습니다. 몇 년 전 웰다잉 강사 자격증을 취득했지요. 건강에 대한 불안과 죽음에 대한 두려움이 많았던 때였죠. 웰다잉 교육 내용을 반복하여 수강했어요. 죽음에 대한 두려움과 불안이 많이 감소하였습니다. 우연한 기회에 접하게 된 웰다잉은 기회였습니다. 노인에 대한 관점을 180도 바꿔주는 계기가 된 거죠. 그동안 아동이나 청소년 학부모를 대상으로 강의해 왔기 때문에 노인 대상 강의는 생각지도 않았거든요. 현재, 웰다잉 강의도 한답니다.

강의 전 충분한 소통의 시간을 갖습니다. 그래서일까요. 웰다잉 프로그램에 참여한 어르신이 최근 친하게 지냈던 친구의 고독사 소식을 전합니다. 그 충격으로 고통스러운 시간을 보내고 있다고 호소하면서요. 오롯이 들어주었을 뿐입니다. 그날 강의에 위안받았다며 내 이름을 넣어 쓴 글을 직접 읽어주셨지요. 감동이었습니다. 또 다른 분은 부산이 고향이랍니다. 교수 친구도 있고, 시설을 운영하는 관장도 있고, 사업을 하는 친구도 있다고 하더군요. 그 어르신도 강의가 너무 좋았답니다. 부산에 있는 친구들에게 이 강의를 꼭 듣게 하고 싶다며, 부산까지 내려가 줄 수 있는지 묻습니다. 감사하고 뿌듯합니다. 웰다잉 하길 참 잘했습니다.

저는 상담사입니다. 힘들어하는 내담자를 만나지요. 그들의 문제를 해결하고 상처가 치유되어 심리적 안정을 찾고 일상생활이 가능해지도록 회복을 돕습니다. 최근, 내담자로부터 크리스마스 카드를 받았습니다. 상담사로서 받는 최고의 보람이었어요. "선생님을 처음 만났을 때 저한테 과연 상담이 도움이 될까? 괜한 걸 한 건 아닌가? 하는 생각이 들었어요. 심지어 의사 선생님도 상담은 별 도움이 되지 않는다고 했기 때문이지요. 막상 상담이 시작되자 제 생각이 틀렸다는 걸 알았어요. 주 1회지만 선생님을 못 만나면 일주일이 다 안 지나간 것 같은 느낌이 들어요."

유명한 상담사도 아니고, 강사도 아닙니다. 그저 내가 할 수 있는 것들을 준비하고 그것들을 나누는 일을 즐깁니다. 작은 욕심이 하나 있습니다. 나에게 부족한 부분을 꾸준히 채우고 싶습니다. 내가 준비하고 있어야 나에게 기회가 찾아온다지요. 독수리는 바람이 들어 올릴 때까지 기다리지 않습니다. 먼저 날개를 펼칩니다. 그리고 적절한 순간이 오면 높이 날아오르지요. 저도 그렇게 하고 싶습니다. 계속 배우고, 계속 시도하고, 적절한 때가 되면 날아오를 겁니다. 새로운 인연들은 그렇게 나에게 희망이 되었기에.

나를 키우는 힘

지금이 가장 행복한 나

조시원

올해 106세 김형석 교수는 『백년을 살아보니』[6]에서 가장 활발한 황금기가 60~75세였다고 한다. 교수는 '물질은 내 인격만큼 가져야 행복하다. 인격보다 많으면 불행하다. 90세까지는 신체가 정신을 이끌어가고 90세 이후는 정신이 신체를 이끌어간다. 후회 없는 삶을 위해 늘 공부하고 일 봉사 취미 생활을 하라.'고 했다. 무엇보다 건강이 최우선이라며, 채식 위주의 경박단소한 식단을 40년 넘게 지키고 있다고 한다. 과로

---

6   김형석, 백년을 살아보니, 덴스토리, 2016

는 금물이다. 수면과 산책 등 생활습관 지키며 신체 건강을 유지하고 있다.

　그와 반대의 한 사람, 폴 칼라니티는 미국의 잘나가던 신경외과 의사였다. 하루 14시간의 수련의 수련을 마치고 여러 유명 의대 교수로 스카우트 대상이었다. 2년간의 투병 생활에도 책을 썼지만 마무리를 하지 못했다. 8개월 된 딸과 같은 병원 의사 아내를 두고 36세에 생을 마감했다. 그의 고뇌와 결단, 삶과 죽음, 의미에 대한 성찰이 마음을 아프게 했다. 아무리 잘나가면 뭘 하나. 돈도 권력도 아프면 쓰레기에 불과하다. 사람의 가치는 건강이 증명한다. 자신의 몸을 사랑하자.

　코로나19가 한창일 때 신기하게도 100개 넘는 전국 샵 원장들은 거의 모두가 걱정 없이 샵을 운영했다. 물론 거리두기 등 법을 지켰다. 코로나에 잘 안 걸리고, 혹여나 걸려도 별 증상 없이 모두 지나갔다. 고정 고객들까지도 그러했다. 결국, 코로나도 전염보다는 체력이 중요했다. 면역력이 답이다. 더욱 신이 난 샵 원장들은 바로 먹거리와 생활습관을 지키는 것이 답이라는 것을 깨달았다. 자동차나 기계도 매뉴얼이 있듯이 사람 몸과 마음사용도 매뉴얼이 있다. 경산에 있는 대구한의대와 함께 줌으로 원장들과 고객들에게 피해야 할 먹거리, 꼭 섭취해서 영양의 밸런스를 유지하는 먹거리, 생활습관 등 10가지 관리하는 법과 지켜야 하는 교육을 지금까지 해오고 있다. 23년

엔데믹 이후에는 가공식품과 정제설탕 첨가물 등 해로운 것을 넣지 않고 자연의 건강밥상을 직접 차리고 만들어 레시피까지 알려주는 밥상 바꾸기 계몽운동을 4년째 하고 있다. 지금은 문화로 자리 잡고 『청소부가 된 어린왕자』, 『동감』의 저자 박이철 대표와 마음사용법, 일명 마법학교까지 확장하는 상태다.

보통 사람들은 3독(탐욕, 분노, 무지) 때문에 몸이 망가지는 경우가 많다. 다시 말해 돈 욕심과 집착, 증오와 분노, 어리석음이 그 원인이다. 나는 1년의 반은 전국을 다닌다. 일이 아니라 여행한다고 생각한다. 친구들은 나에게 조상이 여러 나라를 구했나 보다라며 부러워하기도 한다. 마음사용법과 채식 위주의 자연 식단 7대 영양소의 균형을 맞추어 질환별 먹거리를 강의하고 상담하며 시스템을 구축해왔다. 최고의 삶을 살고 있다고 자부한다.

집에 있을 때는 주로 서리태를 12~24시간 담가두어 독소를 뺀 다음 직접 두유를 만든다. 토마토가 빨갛게 익어 가면 의사 얼굴이 파랗게 질린다는 토마토로 캐닝도 만든다. 여기에 견과류, 자연식초, 올리브유, 천연 당으로 소스를 만들어 샐러드에 드레싱해서 아침을 먹는다. 왜 이렇게 바쁜 시간에 요리도 아닌 두유와 소스를 만들까? 기본적으로 견과류에는 식물성 지방과 단백질이 많다. 지방은 산소와 접하면 산패되어 과산화지질로 변한다. 이 또한 독소로 작용할 수 있기에 가능하면 즉시 해

먹는다.

식물성지방 40% 이상 단백질 40% 이상의 케톤식으로 영양의 균형을 맞추려 노력한다. 가장 안전하고 우리 몸이 원하는 영양소이다. 건강에 관련된 처신에 돈과 시간을 운운하는 것은 근본적으로 자기 몸을 사랑하지 않기 때문이며, 후회하게 되는 것이다. 수많은 내담자와 상담하면서 안타까운 것들이 바로 이런 것들이다. 이같이 먹은 이후에 단 한 번도 감기나 아파서 병원 간 적이 없다. 건강보험검사나 개인검사 모든 수치는 정상이며, 약 하나 안 먹고 지금까지 잘 관리하고 있다.

탄수화물의 유해성을 폭로한 책『그레인 브레인』7의 저자 미국 신경외과 전문의 데이비드 펄머터 교수는 '탄수화물을 우리 뇌의 조용한 살인자(Silent Killers)'로 명명했다. 밀 호밀, 보리, 설탕 등이 포함하는 글루텐, 탄수화물이 인체, 특히 뇌에 치명적인 영향을 끼친다는 것이다. 원래 인류는 지방 75%, 단백질 20%, 탄수화물이 5%에 불과했다. 그러나 현대인들 영양소 비율은 탄수화물이 60% 이상이며 단백질과 지방은 각각 20%에 머무른다.

부산에서 상담한 사례다. 대학에서 영문과 졸업 후 잘나갔는데, 41세 때 잘못된 처방으로 우울증약과 수면제 등 20여 년간

---

7   데이비드 펄머터, 그레인 브레인. 번역 김성훈, 시공사, 2023

약 복용을 하고 있다. 그로 인해 불안, 초조, 분노조절장애, 기립성저혈압, 시각장애, 전립선염 등이 시간이 지날수록 더 심해졌다. 하루에 약을 10알 넘게 먹으며 치아가 다 빠졌고 자살 시도까지 했다. 마약에 취한 사람처럼 초점 없이 몽롱한 상태로 매일 매일 무의미하게 살고 있었다. 먹거리와 생활습관, 스트레스를 관리하면서 3개월 만에 약을 4~5알로 줄였다. 6개월이 지난 지금은 거의 정상인으로 거듭났고, 동시통역사 일을 꿈꾸며 열심히 공부하고 있다.

하나의 사례만 들었을 뿐이다. 수많은 사람이 먹거리와 수면, 운동 등 생활습관을 바꾸었다. 새로운 삶을 사는 사람들이 부지기수다. 의학의 아버지 히포크라테스가 말했다. "우리 안의 자연의 힘이야말로 모든 병을 고치는 진정한 치료제이다."

그동안 좋은 일 했다고 국회 보건복지위원장상, LA시장상 등 다양한 수상을 했고, 치유학 박사학위 수득 그리고 국제자연치유사, 채식전문가1급, 동화상담사 등 수많은 건강관련 자격증도 취득하게 됨을 감사하게 생각한다. 소크라테스의 원숙한 철학은 70세 이후에 이루어졌고, 철학자인 플라톤은 50세까지 학생이었다. 르네상스의 거장 미켈란젤로가 시스티나 성당 벽화를 완성한 것은 90세, 베르디는 오페라 《오셀로》를 80세에 작곡했고, 《아베 마리아》를 85세에 작곡했다. 미국의 45대, 47대 대통령 트럼프는 올해 팔십에 대통령 취임했다.

지금부터 글쓰기를 시작해도 늦지 않았다. 99세까지 88하게 사는 그날을 그려 본다. 아니 120세까지 건강하게 살면 행복할까? 그러나 자식들까지 산다는 보장이 없기에 사양하겠다. 마음대로 되는 건 아니지만, 돈은 건강할 때까지만 함께한다고 했다. 65세 이상 인구가 20% 이상 초고령화 사회가 도래했다. 진정한 노후! 바쁘다는 핑계로 건강을 멀리하는 현대인들에게 조금이나마 건강을 생각하는 계기가 되기를 바란다. 지금부터 바꿀 수 있다. 자신감 갖고 건강의 가치 높이기를 기원한다.

나를 키우는 힘

마음의 지도, 글쓰기의 힘

조숙희

처음 글을 쓰기 시작한 건 아주 단순한 이유에서이다. 처음엔 공책 한 권을 사서 마음속 말을 끄적였다. 신기하게도, 그렇게 글을 쓰다 보면 왜 그런 감정을 느끼는지 볼 수 있다. 또 그 감정이 어디서부터 온 건지 알게 되었다. 단순히 머릿속 생각을 정리하는 걸 넘어서, 마음의 지도를 그려 보는 시간이 된다. 이런 글쓰기를 시작하고 삶에 변화가 생겨난다.

가장 큰 변화는 사소한 것들을 놓치지 않게 된 것이다. 그냥 지나쳤을 작은 꽃 한 송이, 하늘을 스치는 새 한 마리가 걸음을 멈추게 한다. 마주하는 순간들을 글로 남기기 시작했었다. 살아가는 하루하루가 단순한 반복이 아니라는 사실을 알아차린다. 그날만의 특별한 이야기가 담긴 나만의 시간이 되었다.

읽었던 책들, 시들, 심지어는 간단한 기사들까지도 삶에 스며든다. 누군가의 글을 읽으면서 위로받는 순간이 많았다. 때로는 작가가 표현한 한 문장이 마음을 꿰뚫는 것처럼 느껴지기도 했다.

가장 좋아하는 독서 경험 중 하나는 바로 다 읽고 나서 오는 여운이다. 책 속의 메시지를 내 삶에 대입해 본다. 새로운 영감을 얻기도 한다. 새로운 도전을 하게 만든 적도 있다.

육아 퇴근이라는 말이 있다. 야근하는 엄마의 삶을 마주한다. 에고 의식을 내려놓은 뒤부터는 육아와 나를 분리시킨다. 독서 모임을 한다. 평소 책과는 거리가 멀다고만 생각했었다.

'내가 곧 죽을 수도 있다.' 잘하지 못해도 해보자는 터무니없는 내적 용기에서 시작된다. 유명인도 아닌 내가 글을 쓴다 생각하니 그야말로 짜릿한 삶의 자극제로 처방된다. 첫 독서 모임에서 삶의 이유를 알게 도와준 책 빅터 프랭클의 『죽음의 수용소에서』[8]. 홀로코스트 생존자이자 정신과 의사 빅터 프랭클은 가혹한 수용소 안에서도 인간 존엄을 지켜낸다. 인생의 의

---

8 빅터 프랭클, 죽음의 수용소에서. 번역 이시형, 청아출판가, 2005

미를 잃었다고 느낄 때, 삶의 의미를 찾는 여정을 배운다. 또한 '왜 살아야 하는가?'라는 질문에 대해 깊은 생각을 하게 한다. 고난을 넘어서 인간은 어떤 상황에서도 자신만의 이유로 살아야 한다는 내용을 알려 주는 감명 깊게 읽은 책이다. '고난은 내게 아무것도 아니다.'라는 이상한 자신감을 채워준다. 암 진단 받은 과거 일에 얽매이지 않고 내가 좋아하는 일과 분리되는 체험이 일어나기도 한다. 아울러 '내가 살아가는 이유가 더 중요하지.' 스스로 믿게 한다.

읽고 쓰는 삶이 주는 의미를 성찰해보았다. 읽기는 '내가 아닌 다른 사람의 세상을 탐험하는 것'이다. 쓰기는 '내 안에 있는 세상을 탐험하는 것'이다. 읽기를 통해 더 넓고 더 깊은 세상을 알게 되었다. 쓰기를 통해 우리는 더 솔직하고 더 풍부한 자신을 알게 된다. 이 두 가지가 합쳐졌을 때, 삶이 놀라울 만큼 다채로워진다.

읽고 쓰는 삶이 항상 쉬운 것은 아니다. 마음과 머리 양쪽 모두를 살피는 것이 좋다. 글을 쓸 때, 종종 이런 생각이 들 때가 있다. 블로그, 인스타그램에 써내는 글들이 정말 의미가 있을까? 누군가에게 가치가 있을까? 시간이 지나면서 깨닫는다. 글쓰기의 가치는 '다른 누군가'를 위한 것이 아니다. 바로 '나 자신'을 위한 것이다. 머리는 자신이 가장 명석하게 판단한다고 자부한다. 그리고 마음은 어리석고 엉뚱하다고 비난한다. 머리와 마음을 구분 지어 마음의 소리를 듣는다. 글로 표현할 수 있다는 것만으로도 충분히 가치가 있다.

읽고 쓰는 삶을 통해 얻은 풍요로움을 더 많은 사람과 나누고 싶다. 우리는 머리가 아닌 마음으로 소통할 때 비로소 편안한 삶을 시작할 수 있다. 스스로 감정과 생각을 정리하는 일은 곧 내면을 탐색하는 과정이다. 그때 더 깊이 이해하고 성장하게 된다.

오늘부터 작은 노트를 하나 마련해 보길 권한다. 그 안에 하루 동안 스쳐 간 생각이나 감정을 기록해 보자. 읽은 책에서 마음을 울린 문장을 적어보는 것도 좋은 방법이다. 그렇게 한 줄 한 줄 쌓이다 보면, 어느새 지혜롭고 건강한 색채를 띤 '삶의 책'이 완성될 것이다. 중요한 것은 매일 꾸준히 쓰는 습관이다. 글을 쓰는 행위는 단순한 기록을 넘어, 스스로 깊이 들여다보고 삶의 방향을 찾아가는 여정이 된다. 읽기와 쓰기를 통해 우리는 순간의 감정과 삶에 대한 통찰을 보다 명확하게 정리할 수 있다.

자기 자신을 이해하기 위한 이 여정 속에서 글쓰기는 영혼의 동반자가 된다. 하루를 살아가는 한순간 단 한 문장이라도 쓰며 우리는 새로운 영감을 얻는다. 때로는 짧은 문장 하나가 인생의 중요한 변화를 이끌 것이다. 책 속의 한 구절이 새로운 길을 찾는 실마리가 되기도 한다.

여유와 영감을 얻고 싶다면, 글을 쓰면서 자신의 마음을 탐구하고, 책을 통해 다른 사람의 세상을 경험해 보자. 새로운 시각이 열린다. 세상에 대한 이해가 넓어진다. 의미 있는 삶의 조각들이 하나둘 모이게 될 것이다. 글쓰기는 결국 나 자신을 위한 것이며, 삶의 동반자가 되어 줄 것이다.

그러니 지금 노트를 펼치고 마음의 소리를 꺼내보자. 이야기는 새로운 가능성을 발견하는 문이 될 것이다. 세상에 단 하나뿐인, 오직 당신만의 특별한 기록이 만들어질 것이다. 읽고 쓰는 것은 곧 자신만의 비밀의 지도를 완성해 나가는 과정이다. 그 안에서 우리는 진정한 삶의 답을 찾아갈 수 있다.

흔들리지 않고 나의 길을 간다

황경애

새로운 배움의 길에 들어서는 순간, 설렘과 긴장이 한꺼번에 밀려왔다. 집을 나서는 순간부터 캠퍼스에 도착할 때까지, 두근거림은 점점 커져만 갔다. 익숙한 일상을 벗어나 새로운 도전을 맞이하는 일은 언제나 벅차지만 이런 경험은 그 감정이 한층 더 깊고 묵직하게 다가왔다.

대학원 신입생 오리엔테이션에서의 일이다. 교수님들과 선배, 그리고 동기들이 한자리에 모인 그곳에서 나의 새로운 시작을 실감했다. 자기소개를 하는 순간, 나는 예상치 못한 감정에 휩싸였다. 긴장 때문만은 아니었다. 한마디 한마디를 내뱉

나를 키우는 힘

을 때마다 마음 한 곳에 묵혀둔 감정들이 차오르더니, 결국 눈물이 터져 나왔다. 간절했던 순간이기도 했고 돌아가신 아버지와 남편이 생각나서 더 그랬던 것 같다. "우리 경애, 서울로 공부 보내줬어야 했는데. 미안하다." 하시던 아버지, '잘했어, 대단해, 멋지다.'라고 따뜻하게 응원해 줬을 남편까지. 모두 내 옆에는 없지만 늘 함께해 주고 있다고 믿고 있다. 나이는 숫자에 불과하다고 하지만, 50이라는 나이에 20대 학우들과 함께라니 새로운 도전 앞에서 때로는 주저하게 되고, 때로는 두려움이 앞선다. 그러나 알고 있다. 성장의 길은 늘 설렘과 두려움이 공존한다는 것을. 그 길을 걸으며 넘어지더라도, 다시 일어나야 한다는 것을. 이 여정은 나만을 위한 것이 아니다. 내가 배운 것이 누군가에게 가르침이 되고, 그 가르침이 또 다른 누군가의 희망이 될 수 있다고 믿기에. 교육자의 꿈을 향한 나의 걸음은, 그렇게 깊은 다짐에서 시작되었다.

대학원 공부를 시작한 첫날, 기대보다 걱정이 더 컸다. 숙소도, 식사도, 모든 것이 망막했다. 사촌 언니는 집으로 오라고 했지만, 내 공부로 다른 이에게 부담을 주고 싶지 않아 사양했다. 배가 고팠다. 뭐라도 먹어야 했다. 학교 안 편의점이 보였다. 아들에게 전화를 걸었다.

"민혁아, 엄마가 편의점에 왔어. 뭘 먹으면 좋을까?", "엄마, 그래도 도시락이 낫지 않을까요?"라고 했다. 아이의 말대로 도시락을 집어 들었다. 시장이 반찬이라더니 꿀맛이었다. 처음으로 편의점 도시락을 경험한 날의 기억이다. 잠잘 곳이 필요했다. 첫날이라 아는 학우도 없고 누구에게 물어볼 수도 없었다. 계속 걸었다. 마침 생각난 것이 늦게까지 영업하는 카페였다. 길 가는 사람들에게 물어봐도 아는 사람이 없었다. 묻고 또 묻기를 반복. 마침내, 학교 근처이면서 지하철 입구에 있는 카페를 찾았다. 새벽 4시 30분까지 운영하는 카페였다. 그 시간까지 책을 읽고 글을 썼다. 첫 비행기를 탔다. 제주에 도착하자마자 한숨도 못 잔 채로 출근했다. 이런 일정이 반복되었다. 힘들고 피곤해 쓰러질 것 같은 여정이었지만 견딜만했다. 내가 그토록 바랐던 것이기 때문이었다. "경애야, 힘내! 넌 할 수 있어! 조금만 견디자!" 그렇게 나 자신을 다독이며 꿈을 향해 한 걸음 한 걸음 나아가고 있었다.

단순히 학위 하나 얻기 위해 선택한 공부가 아니다. 그랬다면 굳이 서울까지 오지 않고도 제주에서 충분히 이어갈 수 있었을 것이다. 서울에서 공부하기로 결심한 것은 인성교육에 관심이 있었고 마음과 뇌에 관한 공부를 하고 싶었다. 『뇌신경과학과 도덕교육』이라는 책을 읽었다. 흥미로운 내용이었지만 이해가 어려웠다. 깊은 고민을 하게 되었다. 그렇게 저자에 대한 관심도 커졌다. 알아보니 서울교육대학교에 재직 중인 박형빈 교수라고 했다. 이분의 책을 찾아 한 권씩 사서 읽기 시작했다.

나를 키우는 힘

그러면서 이분의 제자가 되겠다는 결심을 하게 되었고 박형빈 교수가 있는 학교에 입학하겠다는 목표를 세웠다. 마침내 박형빈 교수의 제자가 되었다. 지도 교수이기도 하다. 간절함이 만들어낸 결과였다. 매일 멋지게 성장한 모습을 보여주겠다는 다짐과 함께 최선을 다해 공부에 매진하고 있다.

소소한 활동과 배움에서 시작된 움직임들은 이제 더 큰 목표를 향해 나아가고 있다. 되돌아보면 나에게 주어진 힘든 순간들이 지금의 나를 만들어 준 것이다. 고통과 좌절 속에서 얻은 깨달음은 단순한 성취를 넘어 많은 사람에게 희망과 용기를 줄 수 있는 소중한 경험이 된 것이다. 이제는 그 경험을 바탕으로 인성교육의 중요성을 알리고 자연과 조화를 이루는 삶의 가치를 전파하고자 한다. 교사와 강사로서뿐 아니라 환경 보호 단체의 일원으로서 지속 가능한 미래를 위한 실천에도 적극 동참하며 행동할 것이다. 이러한 노력은 단순한 직업적 활동이 아니다. 삶 전체를 관통하는 방향성이며, 나아가 배운 것을 나누는 삶! 세상에 이로운 사람으로 자리하고자 하는 것이다. 그러기 위해 '인성융합교육'을 기반으로 한 '마음학교' 설립이라는 목표를 갖고 공부하는 것이다. 대학원에서의 공부는 단순한 학문적 탐구가 아니라 꿈을 현실로 만들기 위한 중요한 배움의 시간이다. 힘들어도 기꺼이 감내할 것이다. 그토록 원하는 것이기에 배움의 기회를 놓치지 않겠다는 열정으로 끝까지 멋지게 마무리할 것이다. 매일 새로운 가능성을 발견하고 나에게 응원의 박수를 보내며 교육자의 꿈을 향한 배움의 여정을 보내고자 한다. 이것이 내가 원하는 삶이다.

삶의 여러 역할과 바쁜 일정 속에서도 배움과 성장을 멈춘적이 없다. 끊임없이 책을 읽고 공부하며 스스로 발전시키는데 많은 시간을 보냈다. 앞으로도 그렇게 보낼 것이다. 교육자로서 아이들에게 필요한 인성과 가치관을 전하기 위해 공부하는 것은 당연하다. 그러나 그것만은 아니다. 올바른 삶의 철학을 실현하기 위해 움직이는 것이며, 인성을 바탕으로 한 성장이 우리 삶을 얼마나 풍요롭게 만드는지 알리는 게 소명이다. 많은 사람에게 마음공부의 중요성을 전하기 위해 더욱 힘을 낼 것이다.

'산다는 것은 고통스럽기 마련이며 살아남는다는 것은 고통속에서 의미를 발견하는 것이다. 삶에 어떤 목적이 있는 것이라면 고통에서 그리고 죽음에도 반드시 어떤 목적이 있어야 할 것이다. 그러나 아무도 이 목적이 무엇인지 다른 사람에게 말해 줄 수는 없다. 각자가 스스로 찾아내야 하며 자신의 해답이 제시하는 책임을 받아들여야 한다. 그렇게 해서 성공한다면 그는 모든 모욕에도 불구하고 계속 성장할 것이다.' 〈어느 책에도 쓴 적 없는 삶에 대한 마지막 대답〉이라는 빅터 프랭클의

나를 키우는 힘

저서에 담긴 이 글은 혼란스러웠던 내 마음을 정리하고, 다시 일어나 나아갈 수 있는 힘을 준 문장이다. 어려움을 극복한 나는 상상조차 하지 못했던 새로운 문을 열어가고 있다. 그 문은 큰 꿈을 가지고 더 넓은 세상으로 나를 이끌고 있으며 더 큰 목표를 품게 했다.

"미래는 오늘 당신이 하는 일에 달려 있다."
– 마하트마 간디 –

미래를 변화시키는 유일한 방법은 지금을 변화시키는 것이다. 책을 읽고 배움을 이어간다. 더 나은 내일을 위해 움직인다. 교사와 교육자로서 센터 설립의 꿈을 품은 한 사람으로서 나의 여정은 단순한 학문적 탐구를 넘어선다. 그것은 배움에 대한 열정과 책임감이 더해진 도전이며, 그 과정에서 성장과 성취를 이뤄갈 것이다. 변화를 향한 한 걸음 한 걸음이 그토록 바라던 살아볼 만한 세상을 만들어 줄 것이라는 사실을 기억하며 오늘도 나는 그 길을 향해 나아간다. 그 길이 때로는 험난하고 멀게 느껴질지라도, 나는 그 끝에서 마주할 더 나은 세상과 그 변화가 가져올 희망을 믿으며 흔들리지 않고 나의 길을 간다.

강숙아

폭풍우와 같은 시련의 연속이었다. 그 속에서도 마음의 힘을 발견했다. 고난과 시련을 극복하는 과정을 통해 진정으로 성장하는 법을 배웠기 때문이다. 새로운 것을 배우는 데 주저하지 않는다. 도전은 두려운 게 아니었다. 새로운 가능성을 열어주었다. 삶의 어려움을 극복하는 방법은 결국 자신을 포기하지 않는 것이다. 살면서 만나는 수많은 선택의 갈림길에서 흔들리지 않고, 나답게 살기로 했다. 비로소 삶의 영역이 확장될 테니까.

나를 키우는 힘

박하

글을 쓰는 건 내 삶의 숨결이자, 영혼이 머무는 자리다. 그림책 한 권이 누군가의 마음을 위로하고 희망이 되기를 간절히 바란다. 천천히, 쉬지 않고 계속 쓰면서 기적 같은 순간을 만들어가고 있다. 아이들의 눈빛 속에 꿈과 사랑을 담아 오래 기억될 이야기를 쓰고 싶다. 만나는 아이들의 웃음 속에 내 글이 작은 빛줄기가 되기를 소망한다. 나만의 '자유의지'를 갖고 모든 걸 선택하고 결정하는 삶을 살고 싶다. 그림책과 함께하는 이 길이 내 삶에서 가장 아름다운 선물이 되기를.

시냇물가

그 누구와도 비교할 수 없는 나만의 능력과 잠재력 그리고 가치는 절대적입니다. 누군가가 정해준 기준과 한계는 나와 아무런 상관이 없습니다. 자신의 한계와 능력은 스스로가 결정하고 키워가니까요. 신이 부여한 나만의 능력과 잠재력과 가치를 소중하게 마주합니다. 어떤 삶이 만족스러울까요? 만족하는 삶이 있을까요? 있습니다. 다른 사람과 비교하지 않는 겁니다. 스스로 세운 기준과 설정한 목표 그리고 삶의 방식은 마음과 몸에

마치는 글

자유와 평안을 선물합니다.

양정숙

아이들에게 아름다운 추억과 훌륭한 교육을 선물로 주고, 교사들에게 지혜와 올바른 교사상의 선택을 가르치며, 부모님들에게는 사랑과 존경을 받는 어른의 모습으로 남기 위해 노력합니다. 그들의 이야기를 글로 남기고 싶어 글쓰기에 도전해 봅니다. 이제 첫걸음 시작했고, 후반기 삶의 과제가 생겼으니 더 열심히 노력해야겠다 다짐해봅니다.

이미자

어설프지만 진솔한 나의 이야기를 풀었다. 평범한 30대 중반 즈음에 '정신 차려!'라는 마음의 소리에 반응하며 움직였다. 사람들이 일을 왜 하냐고 묻는다. 과거에는 '생계형'이라고 웃으며 말했지만, 이제는 말할 수 있다. '의미 있는 일을 할 수 있음에 감사하고 기쁘다'라고, 나의 인생극본을 Happy Ending으로 결정했다. 우리의 이야기가 독자에게 닿아 위로와 새로운 관점을 가지길 바란다. 마지막으로 나의 성장에 함께해 준 남편에게 감사함을 전하며. "여보, 다음 글쓰기 주인공은 당신입니다."

이은정

'멀리서 보면 위엄이 있고, 가까이서 보면 온화하며, 그의 말을 들어보면 엄정하다.' 《논어》에 나오는 말이다. 겉으로는 유약하나 내면이 강한 나를 만났다. 지식이 아닌 지혜, 내 삶과 일에 활용할 수 있는 소중한 에너지를 장착하는 시간이었다. 새벽이 지나야 아침이 오고, 겨울이 지나야 봄이 온다. 어제와 결별해야 새로운 하루를 가늠하는 시간을 마주한다. 폭풍우에 견디며 더, 더, 더 단단해진 나를 인정하게 되었다. 스스로 확신이 들었고, 이제 그 확신에 책임을 지려 한다.

이향숙

글을 쓰면서 작은 체구에 땔감을 등에 진 어린 나를 만나 그때의 고운 마음을 잠시나마 느꼈습니다. 첫 직장에서의 설렘과 긴장감은 주체적인 삶을 살아가도록 용기를 주어 도전하게 하였고, 두 번의 암 진단을 받고 극복하기 위해 애쓰던 나와의 만남은 소중함을 느끼게 해 주었습니다. 조금 느리지만 포기하지 않왔던 꿈은 하나둘씩 이루어졌고 또 다른 '내가 모르는 나'를 발견하고 알아가면서 50대 중반에 다시 꿈을 찾아 여행을 시작하려 합니다. 공저의 기회를 주고 이끌어주신 이은정 작가님께 감사드립니다.

조시원

어려서부터 노인이 되어가는 지금까지 나의 삶을 다시 파노라마처럼 돌릴 수 있어 감사했다. 작가님들의 희로애락을 함께 경험하며 인간은 혼자 살 수 없음을 다시 깨닫게 되었다. 이은정 박사님께 감사하다. 조금 있으면 꽃피는 봄이 온다. 그러나 사람은 회춘할 수 없다고 생각한다. 건강은 건강할 때 지키라는 평범한 말의 의미와 삶의 질을 윤택하게 하는 것은 사회적 정신적 육체적 건강이다. 소풍 같은 삶, 다시 시작하는 마음으로 노후미래를 새로이 배우고 글 쓰며 멋진 삶을 채워가야겠다.

조숙희

삶은 화려한 퍼즐처럼 다양한 경험과 감정이 어우러져 완성된다. 때로는 시련과 고난이 우리를 흔든다. 그 속에서 수용하고 내면의 힘을 발견하며 성장해 나간다. 작은 변화와 성취도 소중하다. 매 순간이 새로운 기회다. 세상의 시선에 흔들리기보다 나만의 길을 걸어간다. 더 단단해지고 삶의 진정한 의미를 깨달았다. 참나를 탐구하고 긍정적인 에너지를 채운다. 일상의 소소한 순간조차도 감사하다. 지금 바로, 당신만의 빛나는 이야기를 써 내려가길 바란다. 그 기록이 결국 당신을 더욱 빛나게 해줄 것이다.

황경애

때로는 고통스럽고 넘어지는 삶일지라도, 다시 일어나 끝까지 걸어간다면 결국 나만의 길을 만들어낼 수 있다. 중요한 것은 타인의 시선에 흔들리지 않고 내가 진정 원하는 삶이 무엇인지 명확히 아는 것이며 그 방향을 향해 나만의 속도로 한 걸음씩 성장해 가는 것이다. 쓰러지고 다시 일어나는 과정에서, 점점 더 단단한 사람이 되어가고 있다. 중요한 것은 포기하지 않는 마음이며, 그 마음으로 원하는 삶을 향해 나아가는 내 모습이 누군가에게 희망과 용기가 되기를 바란다.